サイレントラブ

内田英治

集英社文庫

Silent Love《サイレントラブ》

蒼《あおい》は風が好きだった。

屋上にあがる仕事は、地上より多くの風を受けることができるので率先してやるようにしていた。今日の仕事は看板のペンキ塗り、朝一から作業をスタートして二時間ほどが過ぎ、半分ほど塗り終えた。看板には Yokohama College of Music の文字と、YとMを組み合わせたマークが描かれている。

蒼はこの横浜音楽大学で校務員として働いている。

白いヘルメットにエビ茶色の作業用パーカ、白い作業ズボンに、長靴。首には白いタオル、両手には指先を切った白の軍手をはめていて、頭から足の先までいたるところにペンキがこびりついている。その顔立ちは、端整だが、連日の野外作業で日焼けしており、能面のように無表情だ。

そして首には喉仏までつづく大きな傷痕が見える。

新年度が始まってひと月余りが過ぎ、眼下に広がるキャンパス内の空気は柔らかさが増していた。新入生も進級生も新しい環境になじみ始め、一限目の授業へ向かう学生たちの表情にもゆとりが見てとれる。

ベテランの作業員たちに言わせれば、ずいぶんと学生が少なくなったのだという。今の時代は子供が少ないのだそうだ。キャンパスが学生で溢《あふ》れる光景など、蒼には想像できなかった。それに学生たちの動向に興味もなかった。

一日の大半の時間をただ仕事に費してゆく。

満足でも不満足でもない、それが自分にとっての日常だと蒼は考えていた。

そんなとき、屋上へと向かってくる何者かの人影があった。

「はぁはぁはぁ」

階段を行き交う学生たちに体当たりしながら、大きな息を吐きつつバタバタと階段を駆け上がってくる。

人影は、手すりにしがみつきながら歩を進め、階段を上り切ると突進するように重い引き戸を開けて屋上へと飛び出た。

蒼は人生で最も大切な〈あの人〉とこのとき出会った——。

＊　＊

扉が開く音に気づいて目を向けると、女性の姿が見えた。

紺色の服に白いソックス、赤い靴。

階段を駆け上がってきた疲れからか、その足取りがおぼつかない。息を大きく吐きながら髪を振り乱し、前かがみになって手探りで扉から壁をつたい、フェンスへと突き進む。

蒼は作業の手を止め、脚立の上から目で追う。

その異様な出立《いでた》ちが目を引いた。

左腕に巻かれた包帯は取れかかって風になびいていて、まるで古い時代の恐怖映画に出てくるミイラのようであった。

そしてなぜかサングラスをしていた。その大きさが異様なほど顔の輪郭に合っていない。

しかし彼女は気にするそぶりもなく歩きつづけ、壁づたいに歩き、屋上のフェンスまでたどり着いた。

右手でフェンスの高さを確かめると、突然よじ登り始めた。

ようやく彼女の目的を悟った。

蒼は急いで脚立から降りると、全力で駆け寄った。左足をフェンスにかけ、身を乗りだそうとしている彼女の腕をつかんで屋上へと引き戻すと、その反動で一緒に屋上に倒れ込んでしまう。

よかった……。

息をついていると……手の温もりから抱き合っていることに気づきハッと体を離す。

するとまた彼女はまたすぐに立ち上がり、再度フェンスを越えようとした。

地上では誰かが気づいたらしく騒ぎが起きていた。

今度はとっさに服をつかんだ。

引き留めようとするが、全体重を前にかけて抵抗してくる。

本当に飛び降りようとしていることが、つかんでいる手を通じて感じられた。

「放してーっ！」

すごい力であった。

彼女の脚が再びフェンスを越えそうになったとき、全力で引き離した。二人は反動で再び勢いよく地面に打ちつけられた。

先に起きあがった蒼はうつぶせで倒れている彼女の傍らに座って、見守った。

すると彼女は泣きながら半身を起こし、サングラスを外して投げ捨てた。

「……こんなものいつまでしてなきゃいけないの！」

風が彼女の前髪を揺らし、顔全体が露《あら》わになる。

ゆるやかな風が吹く間、蒼は髪に隠されていたその顔を見つめていた。

生きてきた中で、今が特別な瞬間であることを感じた。

サングラスで隠されていた眼《め》は赤く染まっている。それはまるで別世界の生き物のように見えた。

さらに右の額には大きな白い傷テープが貼られている。

目が見えないのか、蒼の存在が目に入っていないようだ。

そして赤い目から、大粒の涙がとめどなく流れていた。

なんて美しい人なんだろう……。

何年もこういった感情を抱いていなかったので気持ちをコントロールできなくなった。

こんなにも綺麗《きれい》なのに、なぜこれほどまで悲しまなければならないのか。それはこの赤い目のせいなのか……。

「じんないさん！」

女性の声とともに靴音が近づき、とっさにその場を離れた。

「お嬢様！」

と叫ぶ、別の声も聞こえた。

最初の声の主は、相原《あいはら》という大学の教授だった。もうひとりの年をとった女性には見覚えがなかった。お嬢様というのだから、テレビドラマなどで見るような従者なのかもしれない。

「ほら、立てる？　立とう」

教授は励ましながら彼女を抱きかかえた。

作業場に戻って振り返ったときには、二人が「じんないさん」を両脇から抱き起こして、去っていくところだった。

一瞬、教授が訝《いぶか》しげに蒼を見据えたが、すぐに目をそらし、彼女を支えながら階段を下りていった。

いったい何だったのだろう。首を傾げた。

再びペンキを塗り始めようとしたとき、彼女の倒れたあたりにキラリと光る小さな物体が目に入った。

あの人が落としたのだろうか……。

蒼はその物体をじっと見つめた。

＊　＊

太陽が真上に近づく頃、蒼は屋上での作業を終えて校務員の詰め所に戻ってきた。

「お疲れっ。屋上ひとりじゃ大変だろう。手伝おうか？」

同じ校務員たちが声をかけてくる。六名ほどの校務員は二十代の蒼以外は年配者で、みんな優しかった。

蒼は、顔を振って、大丈夫というジェスチャーで返事をして奥に入った。

詰め所は校舎と違って簡素なプレハブ造りで、業務に必要な道具や冷蔵庫、テーブル、椅子などが置かれている。校務員は、休憩も昼食もここで済ませるのだ。

蒼はヘルメットとバケツをテーブルに置き、空いている椅子に腰かけ屋上で拾った〈光る物体〉を見つめた。

小さい。

さらに目を近づける。

物体は見慣れない模様の彫られた金属の球体で直径二センチもない。中には鈴のように金属のボールが入っている。ついている革ひもが切れているので、屋上で引きちぎれたに違いない。

鈴のようで鈴じゃない。

揺らしてみた。音が鈴の音色とは全然違うものであった。

風だ。

蒼には、その音色がまるで風そのもののように感じられた。

滅多に表情を変えない蒼の目が少しほころんだ。いつまでも揺らしてしまう。

シャリーン……、はたまたサラサラと……。

揺らし方で音色も変わる。

飽きない。

蒼がいつまでもボールを揺らしつづけていると、

「ちょい、ちょい」

と声がかかった。

先輩校務員、作田《さくた》の独特な呼び方だ。

カップラーメンを手に持った作田は、

「コレ、音楽かかんないんだよ。ちょっと見てくんない」

と、テーブルに置かれたスマホを示す。

年齢不詳だが還暦は過ぎているであろう作田は、分からないことがあると蒼にすぐ聞いた。自分でまずやってみようという気はないらしい。作田にとって聞くという行為は、やってくれとイコールであった。

蒼は作田のスマホを手にとると、いくつか操作をくり返し、とたんに音楽が鳴りだした。

作田は最近覚えた無料アプリで音楽を聴こうとして、操作ができなかったようだ。ラインもうまく使えないのだから無理もないと蒼は思った。

小泉今日子《こいずみきょうこ》の『スターダスト・メモリー』が流れる。

九〇年代生まれの蒼は聴いたことのない曲だった。

「おっ、いいな、やっぱりキョンキョンいいな」

　杵田は満足そうに言って、カップラーメンをすすっている。

　杵田は何かと昔の話ばかりした。昭和のあれはよかった、これはよかった。様々な仕事を転々としてきた杵田にも、昭和の若い頃には充実した時代があったのかもしれない。しかし、今は自分と同様、ただその日その日を生きる人間に過ぎなかった。

　人生を諦めるとか、人生に疲れたとか、そんなに大袈裟なものでもない。

　ただただ、毎日を何となく生きている。それだけのことだった。

　蒼は再び元の椅子に腰を下ろし、耳元で小さなボールを揺らし始めた。キョンキョンという人の曲と、ボールの音色が融合するのはなぜか気にはならなかった。

　蒼の住まいは海沿いにある。

　海といっても砂浜はない。

　横浜と川崎の境に近い地域で、小型漁船が並ぶ小さな入り江と周辺に町工場が並ぶ雑然とした一角だ。

　海からの風が吹く。

　そんな理由でここに決めた。

一部屋とキッチンだけの狭い木造アパートに戻ると、まず台所の流し台で指先を洗うのが蒼の日課だった。一日作業をすると、爪のあいだに汚れがこびりついて取れない。工事現場用の特殊な洗剤とブラシを使ってもいつも爪は黒いままだった。

指を洗う流し台の上の窓枠には、一枚の絵が置かれている。

大航海時代の帆船が荒波を越えていく絵柄で、ガラクタを扱う地元の店でたまたま見つけたものだ。

その横にはガラス瓶に閉じ込められた帆船も置かれている。

蒼には将来の夢も趣味もなかったが、たまにのぞくフリーマーケットや古道具屋で海に関連する絵やグッズを見つけると、そのたびに買っていた。部屋は、冷蔵庫や炊飯器など必要最低限の生活用品を除くと、海にまつわるもので埋まっている。

海に憧れを抱いた原点は幼少期の壮絶な孤独だった。

蒼は母子家庭で育った。

父親は、どこの誰かも知らない。

幼い頃母から聞いた話では、父とは十代からの遊び仲間だったそうだ。だが、十八歳で母が身ごもったとたん、父は地元から消えてしまったという。

母の稼ぎだけで暮らす日々は貧しく、やがてまだ十代だった母も蒼を家に置いて遊び歩くようになった。

空腹感より辛《つら》かったのは、母の不在だった。

誰もいない家で過ごすことに耐えきれず、いつも海が見える場所までひとりででかけた。

風を浴びながら、海の向こうを想像していると孤独を忘れることができた。海は蒼にとって唯一の逃避場所だったのだ。

そんな母は蒼が十一歳の春にいなくなった。

生活が荒れ、人生に行き詰まっての自死、と親戚の誰かが言っていた。

死んでしまう直前には宗教に救いを求めて、突然蒼を連れてお祈りに行ったりもした母。

以来、蒼は児童養護施設で育ったが、そこでの暮らしも高校三年生の途中である事件をきっかけに突然終わってしまった……。

ふと、流し台に立てかけてあった鏡に向かって顔を上げて、喉に刻まれた傷を指でなぞる。

この傷が刻まれたあの日から、蒼は言葉をまったく発していない。

心に渦巻く声も、感情も、すべて体の奥深くに閉じ込めたまま、日々仕事をこなしてきた。

校内の清掃から植木や花壇の手入、備品の調達や管理、修繕、学校行事の準備や後片づけ……。

月曜から土曜日まで週六日、淡々とこの作業をこなして二年が過ぎていた。

きっと一生この日常がつづくのだろう。

蒼は考えないために、そそくささとベッドにもぐり込んだ。

屋上での出来事から数日が過ぎた。

甚内《じんない》美夏《みか》はソルフェージュのグループ授業を受けていた。

ソルフェージュとは楽譜を読む力をつけるためのもので、学生たちが楽譜を見ながら声を出す授業だ。なので楽譜を読めない美夏が出席しても意味はなかった。

それでも今まで通り、すべての授業に出席していた。

授業が終わると、ばあが廊下で待っている。ばあは美夏が生まれる遥《はる》か以前から甚内家を世話してきた人で、もはや家族の一員でもあった。

今も、アウトドア用のステッキをつきながら出てきた美夏の手をとろうとする。

「お嬢様、ほら、私の手を握って」

「ばあ、やめて」

いつも子供扱いだ。

美夏は勝手にスタスタと歩き去った。

ここ数日で、勝手知ったる校内であればひとりで歩けるようになっていた。視力はゼロではなく、点在する穴のように、ほんのかすかに光がある状態だ。

ゆっくりと校内を移動して、ピアノ科と声楽科によるアンサンブル授業に出席した。ドイツリート、イタリアオペラ、日本歌曲など、声楽科の学生が歌う歌に、ピアノ科の学生がピアノを合わせていく授業だ。

小さなコンサートホール風に仕立てられた教室では声楽科の学生が歌うオペラに、ピアノ科の学生が伴奏をつけていた。

演奏を指名された藤原麗奈《ふじわられいな》は、ピアノ科で上位の成績を収めている学生で、美夏のライバルだと噂《うわさ》されていた。

美夏はそんな麗奈のピアノを聴きながら、数日前の出来事を思い返していた……。

あの日、自暴自棄になった理由。

事故に遭って視力を失ってからも美夏は諦めなかった。目が見えないながらも、ばあの力を借りてすべての授業に出席したし、自主練習も昔以上にやっていた。

視力が戻ったときに、同じポジションからスタートできるように準備を怠りたくなかったのだ。

そんなある日、誰もいない教室でピアノを弾いていたら突然右腕が痺《しび》れて弾けなくなった。

再び弾こうとしても、右手がまったく動かない……。

手の怪我《けが》は治ったはずなのに、なぜ!?

美夏の思考回路は止まり、錯乱した。

もう二度とピアノが弾けない。

生きてきた中で経験したことのない衝撃だった。

そして気がつくと屋上へつづく階段を上っていたのだ。

なんて軽率なことをしたんだろう……。

もう二度とあんなまねはしない。

ピアニストになる夢は、ぜったいに諦めない……。

チャイムが鳴り、指導教授の相原先生が授業の終わりを告げた。

相原がちらりと美夏を見るが、すぐに視線を外した。あの屋上での出来事以来、美夏に対して緊張するようになった。相原にとって美夏は、事故の前からどこかとっつきにくい学生ではあったが、今は前よりも距離を置いてしまう。

心なしか相原がいつもよりも早い足取りで教室を出てゆくと同時に、美夏が楽譜をしまい始めた。

美夏の耳に、出席者たちが次々に教室を出ていく音が聞こえる。自分が最後なのだろうと立ち上がろうとしたとき、不意に何人かの足音が近づいてきた。

「甚内さん、体のほうはどう？　みんな心配しててさ」

授業で最後にピアノを弾いていた麗奈の声だ。

「心配？」

「うん」

「ライバルがいなくなって喜んでたんじゃなくて？」

麗奈は「えっ？」と言って、黙った。

「わたしがいなくなれば、あなたにも首席になるチャンスが巡ってくるしね」

さらに美夏が言うと、麗奈は泣きそうな表情になる。

見かねた友人がふたりのあいだに割って入った。

「甚内さん、そんな言い方ないんじゃないかな」

「何が？」

「麗奈は甚内さんのことを思って言ってるのに……ひどいじゃない」

「わたし、あなたたちみたいに音楽教師目指してるわけじゃないから。のんびりしてられないの」

美夏はそう言い残し、椅子の横に置いたリュックとステッキを手に取って立ち上がった。

階段を下りかけてステッキで地面を探ると、麗奈が反射的に手を貸そうとした。

「やめて」

美夏はその手を払いのけるようにして、出口へと歩いて行った。

「事故にあっても性格は変わらないんだね」

ひとりが美夏の背中に聞こえるように言った。

しかし、美夏は気にならなかった。

じっさいに音大を出ても、ほとんどの学生はそれだけで食うことができずに大学に残るか、音楽教師になってしまう。幼い頃から抱いているピアニストになる夢にがむしゃらでありたかった。

必ずピアニストとして成功する、

そのことだけを考えて生きてきた。

友だちも必要とせず、

恋愛も必要とせず、

ひたすらに努力をつづけてきた。

性格が悪いと陰口を叩《たた》かれていることも知っているがそんなことは何も響かなかった。

大好きなピアノが弾ければ満足だし、最終的にそれで大きな舞台に立てればいい。

そのすべてが失われようとしている。

五月の下旬になると、美夏は退院後初めての検査を受けるため眼科医院を訪れた。

事故で視力を失い、緊急手術を受けてから三週間と三日目、美夏は眼の検査を受けながら、あの事故を思い返していた。

……あの日、美夏は坂の上にある小さなホールへ行こうとしていた。

孤高のピアニストといわれた女性のコンサートで、美夏にピアノの楽しさと美しさを教えた祖母の同級生で、最後のコンサート会場に生まれ故郷にある小さなホールを選んでいた。

美夏が坂を上がりきると、ホールはもう目の前だった。

白線が引かれた横断歩道へ三、四歩足を進めたところで、暴力的な音が耳を襲った。

次の瞬間、なにが起きたのか分からなかった……。

意識が戻ったのは、病院の一室だった。

目を覚ましたはずなのに、視界は闇に閉ざされていた。

意識はまたすぐに途切れ、目覚めても、目覚めても、光は戻ってこなかった……。

一時停止を無視し、猛スピードで曲がって来た車に額からぶつかったことを、美夏はのちに聞かされた。

車と衝突した額と両腕は幸い大きな怪我には至らなかったが、衝突の衝撃で網膜が剝離してしまった。

眼球の奥にある網膜は、カメラに例えるとフィルムの役割を果たす。網膜と一言で言っても実際は十層に分かれ、中央の黄斑部から奥が損傷すると、視力が損なわれてしまうのだ。

美夏の場合は、網膜すべてが剝がれている状態だった。

担ぎこまれた病院で、剝がれた網膜をガスとレーザーで復元する緊急手術が行われたが、手術で使うガスによって高頻度で白内障が起きるため、白内障の手術も同時に行われた。

「視力は戻りますか?」

緊急手術を受けた後に意識が戻ってから震える声で聞いた美夏に医師は答えた。

「一〇〇パーセントの回復は難しいとは思われますが、ある程度は戻る可能性がありますよ」

そう医師は言った。

どの程度視力は戻るのか。

そのことを考えない日はない。

もちろん視力がなくてもピアノを弾くことはできるし、視力を失っても大勢のピアニストが素晴らしい演奏をしているのも知っている。しかし前向きにいくら考えても精神的に追いつめられてしまう。

やはり是が非でも少しでも視力を戻さなければならない……。

強い想いを再確認していると、特殊な機器で目を診ていた医師が顔をあげる。

「はい、ありがとうございます。楽にしてください」

医師が言うと、間髪容《い》れずに美夏が聞く。

「いつ目が見えるようになりますか？」

「いずれ、としか言えません。多少かもしれませんが、回復する可能性はあります」

「いずれ……いずれって、いつですか？」

美夏は食い下がった。

「それは……個人差がありますのでなんとも……あくまでも可能性の話です。今は経過観察をするしか……」

歯切れが悪い。

美夏の胸に焦りが広がり、頭が朦朧《もうろう》とする。

視力を失ってからというものの極度の不安を感じると頭がぐらぐらと揺れ、手が震えた。

事故からくる精神的ストレスで、心もおかしくなりかけていた。

まわりに心療内科を勧められたが、これ以上自分の心に負担をかけたくなかった。

絶対にピアニストになる夢を諦めない。

何百回くり返してきたであろうその言葉を胸の中で呼びさまして、不安と闘ってきた。

しかし、自分のこの強い気持ちがいつまで持つのか……自信がなかった。


繁華街のほぼ真ん中あたりにその格闘技ジムはある。格闘技ブームの影響もあってか、多くの生徒が今日も練習に励んでいる。

サンドバッグを叩いたり蹴ったりする音や、パンチングミットの音が鳴り響く。

マットが三ヵ所あり、中央のマットの上では、蒼の顔が赤くふくれあがっていた。

原田《はらだ》と久しぶりにスパーリングをしており、蒼の首には筋肉質の腕が絡まり絞め上げられていた。

「どうする？　こういうときはどうするんだ蒼！」

蒼の背後で、その首を絞めながら原田が指導する。

原田はこの総合格闘技ジムの会長で、つい二年ほど前まで現役で活躍していたので、力は衰えていなかった。

蒼は校務の仕事帰り、週に二回ほどこのジムに通っていた。元プロ選手とのスパーリングは試合ではなかったが生半可な気持ちではできない厳しいものであった。

「諦めるのか？」

そう言われた蒼は全体重を会長に預けるような姿勢をとり、締めていた腕から一気に脱出したが、一瞬のスキに再び寝技をかけられる。

「おう、いいのか蒼、このままで。ほらっ、十字とられるぞ。ほら、ほらっ、知らねーぞ、蒼、ほら、ほら！」

蒼は素早く身を翻し、足を相手の首にかける。

「おっ、三角きたか！　腕だ腕立てろ！　ほら、胸、ほらっ」

そこからまた少し攻防があり、蒼の三角締めが決まった。会長が抜けようともがくが、ジムにブザーが鳴り響く。一定の時間が過ぎると鳴るよう設定されているのだ。

「オーケーオーケー、いやあ、強くなったな蒼！」

立ち上がった蒼の後ろから、会長の声がかかった。

体力を使い果たした蒼はマウスピースを取ると壁際にへたり込んだ。

ジムに通うようになって、それまで蒼の中で渦巻いていた怒りのようなものが薄くなった。

何に対しての怒りなのか分からなかったが、十代の頃は怒りの濃度が高く、自分でもどうすればよいか分からないまま過ごしてきた。

強くなりたいなどという気持ちはいっさいなかった。

得体の知れない気持ちが充満して来ると、サンドバッグを全力で叩けばよかった。格闘技を夢中でやっていると、気持ちが落ち着くのだ。

立ち上がり挨拶をして、着替えをすませた蒼は自転車で行きつけのラーメン屋に向かった。

そこではいつもの仲間が一足先に夕飯を食べ始めていた。蒼の幼なじみの圭介《けいすけ》のほか、男女二人ずつというういつもの組み合わせだ。

一番親密な圭介とは、児童養護施設で出会った。

蒼が小学校五年生の春に入所した施設に、同じ学年の圭介がいた。それ以来、蒼が学校を去る高校三年の春まで、二人は双子のようにいつも一緒にいた。

圭介は高校卒業後さまざまな建築現場を渡り歩いていたそうだが、二年前から足場工事会社の正社員として雇われているので、そこそこ稼いでおり、最近では後輩たちに奢《おご》ることも多かった。

しばらくのあいだ会っていなかったが、蒼が音楽大学に就職してからは、施設で生活していた頃のように毎日一緒に過ごすようになった。

あとの四人は、いつの間にか蒼と圭介の周囲に集まってきた連中だ。

弥生《やよい》は自動車スクラップ工場の娘で、圭介の彼女。

アツシは二十五歳になる今まで、一度も職に就かずぶらぶらしている。金が入ると入れ墨を増やしていて、「本当に仕事する気あるの？」といつもメグミに言われている。コールセンターでバイト中のメグミは、しょっちゅうツッコミをアツシに入れるが、彼のことが好きでこの仲間に加わったのだ。

マコトは一、二ヵ月周期でバイト先を転々と替えていたが、この半年ほどは駅前の居酒屋で働きつづけている。

みんないわゆる落ちこぼれの不良ではあるが、そんなに気合いが入っているわけでもない。

かといって真面目でもない。

そんな中途半端な仲間たちを蒼は気に入っていた。毎日のように一緒に食べ、しゃべって、笑い合う……蒼にとっては気の置けない連中だった。

「お疲れっス」

アツシが真っ先に声をかけてきた。

「遅い！」

と、弥生が言うとその声に同調するように圭介も、

「蒼、おせーよ！」

と、早く座れと椅子をパンパンと叩いた。

蒼が腰を下ろすと、圭介が蒼の代わりに注文をする。

「大将！　塩の濃厚、メン硬め、野菜多め」

「あいよ！」

「……てか、なんで圭介君が決めるんすか？」

こう聞いたアツシを見つめて、圭介は答えた。

「蒼、いつも塩の濃厚なんだよ、メン硬めの」

「でも、今日は味噌《みそ》気分かもしれないじゃないですか」

弥生が言うと、メグミも加わった。

「そうだよ、醬油《しょうゆ》かもしんないし」

圭介は箸を置き、少しムキになって言い返した。

「蒼は塩の濃厚、そしてメン硬めなんだよ。いつでも、どこでも、今も昔も」

同意を求めるような圭介に、蒼はどちらともとれない表情をした。

「蒼さん、微妙な顔じゃないすか？」

アツシが言う。

蒼のことはすべて把握している。圭介はそう思っていた。

あのこと、があってからは余計そう思うようになった。

「蒼のことは全部わかってんだよ」

「なにそれ、きも」

弥生が思わず言い放つ。

「お前さ……」

弥生になにか言いかけると、大声にかき消された。

蒼の後ろ側、入り口に近い辺りで揉《も》め事《ごと》が起きていた。横浜のこの地区は、昔から揉め事が多いことで有名だ。

巨体の若い男が二人入ってきて、食事をしていた男を羽交い締めにして店から連れ出そうとしていた。

「すいません！　すいません！　マジですいません」

抵抗しながら男が謝り、その後ろを彼女らしき派手な女性がついていく。

「ねえ何なの。やめて、ねえやめて！」

巨体の二人は無言のまま、男を店の外に連れ出した。

「いや、ちょっ、金は必ず返します」

蒼は食事を中断して、成り行きを見ていた。

「あらら……あんま、見ないほうがいいっすよ」

アツシがつぶやく。

店の外には、乱入した男二人の他にも仲間がいた。

短く刈り込んだ髪型、ピッタリしたジャージにスニーカー。世間では半グレと呼ばれる不良グループであることは一目瞭然であった。

すると突然、リーダーのような男が、連れ出された男を殴り倒した。

この一帯じゃ名を馳《は》せているこの男は筋骨隆々で、いつも体型と釣り合わない黒縁メガネをかけていた。

決して関わってはいけない類の人間であった。

「やめてよ！」

彼女の悲鳴が響く。

「おい立て」

リーダーは再び殴ろうと男の胸ぐらをつかむと、見ていた蒼がおもむろに外へ出て行った。

「マジかよ……。蒼、ほっとけって！」

後ろで圭介の声がした。

いつもこうだ。と圭介は思った。

養護施設でも、二人で不良の真似事《まねごと》をしたときも、人一倍優しく、人一倍正義感の強い蒼はすぐに揉め事に顔を突っ込んだ。

「またかよ、もう……」

圭介も後を追った。

店の前では、黒縁メガネが地面にうずくまる男を見下ろしていた。

蒼はその間に立ちはだかり、右手で黒縁メガネの胸を軽く押し返した。

後から出てきた圭介は舌を打った。

「よりによってこいつかよ……」

小さく言葉にした。

黒縁メガネは横道《よこみち》という名で、圭介と蒼は十代の頃、この横道と敵対する不良グループに在籍していたのだ。真面目に仕事をするようになってからは会うこともなかったが、面倒な噂だけは聞こえてきていた。

「もう充分だろ、勘弁してやれよ」

圭介が言う。

蒼の気持ちをそのまま表したものだった。

蒼が声を失ってから、圭介は何度もこうした場面で蒼の代弁者として声をだしてくれる。

横道はしばらく圭介と蒼の顔を見つめてから言った。

「お前ら、この界隈《かいわい》には来るなって前に警告したよな」

「どこにいたって俺らの勝手だろ。飯食ってただけだし」

反発した圭介に詰め寄ろうとする横道を、蒼が手で制する。

「なんだこの手は……」

すると蒼の左手から、別の男が突然殴りかかってきた。

一発、二発、三発……蒼はすべてのパンチをなんなくかわし、足払いで地面に倒してしまう。

明らかに格闘技経験者の動きに相手のグループに緊張が走る。

「てめえ！」

倒された男が激昂《げきこう》し、再び蒼に殴りかかった。

蒼はまったく同じ足払いで男を倒す。ジムの原田会長に比べればまるで子供だった。

相手は集団で襲いかかろうと蒼を囲むように距離をとった。

圭介がアッシに目配せする。乱闘を覚悟して蒼の横に並んだそのとき、パトカーのサイレンが聞こえた。

「……もういい、行くぞ」

古びた町工場や飲食店、遊興施設が残るこの一角は、不良少年や暴力団による小競り合いが多発するため地元警察の重点パトロール地区になっているのだ。

横道は手下たちと去って行き、殴られた男と連れの女が道に残された。

「わりい……」

男が蒼に言うと、女の肩に手をかけて去っていった。

「おい、蒼、いい加減にしろよ。食おうぜ」

圭介にそのまま腕をつかまれ、店の中へ戻って行った。

「のびてるな……」

ふにゃふにゃになった麺をすくいあげながら面々はお互いを見合い、蒼を見た。

え、俺のせい？

蒼が自分を指さす。

全員が「そうだ」とばかりに頭を縦に振った。


土曜のキャンパスは、他の曜日に比べて空気が華やいでいるように見える。学生たちが練習する楽器の音が、校舎前の広場や木陰、植え込みの横、時計台の下から流れてくる。ベンチで楽譜を広げる学生や、寝転がってくつろぐ学生も多い。

蒼は彼らの横を通り、あるいはすれ違いながら業務をこなしていく。

学生たちと挨拶を交わしたり、会話したり、交わることは決してない。

同じ空間に存在しながら、決して混ざり合うことはない。学生たちとは別の世界に暮らしているのだ。

裕福な家庭で育った者も多いのだろうか。蒼に苦手意識があることは否めない。

「ボンボンのガキどもだろ。俺らとは住む世界が違うんだよ」

と柞田はいつも言っている。

しかし接触がないのは、蒼には好都合であった。他人との交流はなるべく避けたかった。

ちょうど広場のゴミの回収作業を終えて校務員の詰め所に戻りかけた蒼に、その柞田から声がかかる。

「ちょい、ちょい、沢田《さわだ》」

いつもの呼び方だ。

「旧講堂の伐採、頼むわ。肩、上がんなくなっちまってよ。あー、それ、俺が戻しておくから」

柞田は一気にまくしたて、蒼が押していたゴミ回収用のカートを押して詰め所の方角へ戻ってしまう。

これもまた、いつものことだ。と蒼は思った。

多分また、覚えたてのスマホで懐しい昭和の歌謡曲を聴くのだろう……。柞田の時間はずいぶん前に止まっていた。

しょうがなく残されたリヤカーを引いて、旧講堂へ向かった。

広場を横切って五分ほど行くと、キャンパス内の奥まった場所に旧講堂はある。ずいぶん前から使われておらず、建物のまわりの木の枝が伸び放題であった。

蒼はリヤカーを置くと、真っ白な建物を見やった。戦前からの歴史ある講堂だったが、中に古い楽器や戸棚や椅子など学校の備品類が運び込まれ今では倉庫代わりになっている。入り口の横には「学生立ち入り禁止」の看板がたってはいるが、新校舎から奥まった場所にあり、もとより学生たちがここに来ることはなかった。

蒼はリヤカーからハサミを取り出して枝の伐採を始めると、いつの間にか音も人の声も聞こえなくなっていた。

どうやら授業が始まったらしい。

風が吹いているか確かめようと作業の手を止める。どこに行っても風の吹き具合を確認することがクセになっていた。

と、そこに微《かす》かに足音が風にのって近づいてきた。

一歩一歩、足元を探るような歩みの音に、ときおり固いものが地面の砂利に当たる音が混じる。

気になって振り返ると、ステッキをついた女性がまっすぐ旧講堂に向かって歩いていた。

黒のワンピースに白いカーディガンを羽織り、レンガ色のリュックを背負っている。

屋上の、あの人だ……。


蒼は作業の手を止めた。

あの人はふと立ち止まり、一瞬だけ蒼のいる方角を見たが、旧講堂へと向き直り、まっすぐ進んでいく。

やはり目が不自由なのだ。しかしこんな古い建物に何の用なのだろう。と、蒼は、見ていることがバレているんじゃないかと一抹の不安を抱えながら、それでも目で追いつづけた。

美夏は正面の扉へつづく低い石段を登り切ると、両手で真鍮《しんちゅう》のノブを探りあて、右へ回した。旧講堂の鍵はふだん閉まっているはずだが、だれかが閉め忘れたのか、鍵がもともと壊れているのか……扉を開けて中へと入って行ってしまう。

蒼はその背中をじっと見つめた。

＊　　＊

美夏は一年生のときから、ときどき旧講堂にやってきては中に入っていた。古いドアの鍵は少し強く押すと外れてしまうので簡単に入ることができた。

美夏のお目当ては乱雑に置かれたグランドピアノだった。

一八七五年に製造されたグロトリアン＝シュタインヴェークで、その柔らかなタッチと響きが気に入っていた。

このピアノを弾くと、楽しくてただ純粋にピアノを弾いていた子供の頃に戻れた……。旧講堂のピアノを弾いている時間だけが、美夏にとって安らげる時間となっていた。

この日も美夏は、ピアノの前まで進むとリュックとステッキを脇に置いて静かに座った。

つい笑みがこぼれてしまう。

自分しか座らないのでピアノ椅子がいつもベストな高さで心地がいい。

座ると、次にゆっくりと鍵盤蓋に手をかけて持ち上げる。

息を吸い込むと、百年以上ものあいだ存在してきた建物が持つ独特な静けさに包み込まれる。

そして指をゆっくりと動かし、弾き始めた。

フランツ・リスト『愛の夢』。

祖母が好きだった、思い出の曲だ。

儚《はかな》く、切ないメロディーを奏でているとすぐにその世界に入り込んでしまう。

この瞬間だけ、すべてを忘れることができる。

美夏の指が、なめらかに鍵盤を流れる。

＊　＊

近づいてはいけない、
そう思いながらついには誘惑に勝てなかった。

蒼は好奇心に駆られて、そっと旧講堂に近づいた。

白く塗られた木製の扉は、上半分が格子状のガラス張りになっている。そこから中をのぞくと……ピアノの前に座ったあの人が、今まさに演奏を始める瞬間であった。

美しかった。

屋上で初めて見たときよりも、ずっと美しいと思った。

こんな人を見たことがなかった。

やがて優しい音が流れてきた。

音が蒼の体にしみこんでゆく。

なんという曲なのかは知らない。

しかしとたんにあの人の体と空間が共鳴したように感じた。流れるようなそのメロディーと透明な音色に胸が震えた。

校務の仕事中にいつも教室から聞こえていたピアノ……ピアノとはこんなにきれいな音だったのか……。

気づくと扉に手をかけ、顔をガラスに近づけていた。近すぎてガラスが息で曇っては晴れた。

その美しい横顔を見ながら聴き入っていると、突然ピアノの音が途切れた。

蒼が目をやると美夏は右手を押さえ、苦しげな表情を浮かべていた。

泣いている……。

屋上で見せた涙とはまた違う種類な気がした。しかし、どうすることもできない。

「なんで……なんでなの」

美夏は苦しそうに呟《つぶや》くと突然立ち上がり、床に置いたステッキとリュックを手探りで拾い、急ぎ足で出口へと向かって来た。しかし、柱に立てかけてあった折りたたみ椅子に足をとられ、転んでしまった。

あ……！

気がつくと蒼は扉を開けて中に踏み込んでいた。扉の開く音に怯《おび》えた彼女が短い悲鳴をあげた。

「だ、だれ!?」

蒼はその声で立ち止まってしまった。

どうしようもできずに立ち尽くした。

「……いつから、いたの……?」

美夏が小さな声で聞いた。

見るとステッキは、彼女の手が届かないところまで転がっている。

蒼が足音を消し、息を殺して、そっとステッキを取りに行こうとしたとき、ポケットに入れっぱなしにしていたガムランボールが微かに鳴った。

あわててポケットを押さえる。

聞かれたか?

美夏を見やると、床から半身を起こし、怯えた表情でその場に留《とど》まっている。

蒼はステッキを拾い上げて、膝をつき、低い姿勢から美夏の右手に触れさせた。

美夏はステッキを握って立ち上がり、怯えた表情のままで旧講堂から立ち去って行った。

蒼はその後ろ姿を、見えなくなるまで追う。

自分の心に激しい波が打ち寄せていることが分かる……。

この二年、何千人もが出入りするキャンパスで蒼が関わるのは柞田たち校務員仲間だけだった。

しかしいま、まったく縁のない世界に生きている美しい人が、心に入り込んできた……。

ピアノの前に静かに座っていたあの姿を、永遠に忘れることはないだろうと蒼は思った。


このまままっすぐ行くと新校舎の入り口に突き当たるはずだ。

美夏はステッキで足元を確認しながら歩き、ようやく心が落ち着いてきた。

旧講堂の中では生きた心地がしなかった。

何者かにステッキを手渡してもらう前、一瞬聴こえたあの音は、確かに自分のガムランボールの音だった。

あの日、屋上で落としたガムランボール……。

だとしたら、今日助けてくれたのも、あの日屋上にいたのと同じ人？

……いったい何者なんだろう？

「お嬢様」

新校舎の入り口で待っていたばあがすぐに腕を絡めてきた。

「転んだりしませんでしたか？」

「うん、大丈夫」

「こんな学校の外れまで行って……ピアノを弾くならどこにでもあるのに。次からはついて行きましょうか？」

「だから大丈夫だって。旧講堂には何度も行ってるから」

「そうですか。じゃあ帰りましょうか」

還暦をどれほど過ぎたのかも定かではないばあは、美夏が生まれたときから面倒を見てきたという自負がある。多少面倒なときも多いが、いなかったらいないで困ることも多い。美夏は憎まれ口は叩けど、ばあが大好きであった。

「心配しすぎ」

「心配はしすぎるくらいがちょうどよいのです」

ばあからしてみれば、両親から娘を預かっている身。何があろうと守り抜こうと決めているのだろう。

＊　　＊

街の繁華街に、再開発地区だからか比較的高級なレストランやバーが並ぶ一角がある。

その中にある一軒の煌《きら》びやかな音楽バーでは、グランドピアノの生演奏が毎晩行われていた。

「ちっ」

北村悠真《きたむらゆうま》は本日百回ほどした舌打ちを再びくり返した。

何もかもが気に入らないし、何もかもが楽しくなかった。

高級な酒をどれだけ飲んでも気持ちが晴れることはなく、決して上手だとはいえないジャズスタンダードを演奏しているピアニストにも苛立《いらだ》っていた。

「ちっ」

一段と大きな舌打ちをした悠真が立ち上がってピアニストに近づく。

「どけ」

「え？」

「いいからどけ」

ピアニストが立ち上がると同時に強引に座り、荒々しくピアノを弾き始めた。

悠真にとってピアノは見たくもない代物であったが、下手くそな演奏を聴くことが我慢ならなかった。

ベートーベン『月光』第三楽章。

こんなくだらないバーで弾く気なんてなかったのに。

しかし悠真の指はまるで獣のように鍵盤の上を動き回った。曲に感情をコントロールされているんじゃないかと錯覚してしまうほどの激しさだ。

気がつくと悠真とピアノが一体化し、店内の誰もがその演奏に聴き入っていた。

「すげえ」

客の中には携帯で撮影を始める者もいる。

「ちっ」

ふと演奏をやめてしまう悠真。

「アホくさ。何やってんだ俺……」

とひとり呟く。

席を立ち、店を出て行こうとする悠真の前に立つひとりの女。杏奈《あんな》という名だ。

「もっと聴きたいわ」

「あんな安物、これ以上弾けるか」

「退屈なのね」

「死ぬほどな」

「だったら……面白いとこあるんだけど、一緒に行かない？」

高級スーツに身を包んだ杏奈はじっと悠真を見据えた。こうやって時間を持て余してそうな男を見つけて誘うのが仕事だ。しかしこの男には仕事以上の興味を持った。

さっき唐突に始まったピアノの演奏は杏奈の心をとらえていた。

「そんなに面白い場所なのか？」

「楽園よ。きっと気にいるわ」

「どうせ暇だしな」

杏奈が鼓道《こどう》と呼ばれる店員に目配せをする。近づいてきた鼓道が、「どうぞこちらへ」と二人を非常口へと連れていった。

非常階段を二階分上がり、厳重に監視された鉄扉の向こうにそれはあった。

「ここよ」

「ずいぶん近い楽園なんだな」

と悠真が言うと、鼓道が扉を開けた。

黒縁メガネをかけた横道が立っている。半グレの仲間と外を練り歩く姿とは打って変わってタキシードを着ている。

「いらっしゃいませ」

案内されて中に入っていく。

煌びやかなカジノだった。

大勢の人がギャンブルに夢中で、テーブルには札束が並んでいる。

「へえ、確かに楽しそうだ」

悠真は微笑《ほほえ》んだ。

同じ頃、蒼が通う総合格闘技ジムの前に、圭介たちが集《つど》っていた。蒼を待っているのだ。

「圭介さん、蒼さんとはいつからつるんでるんすか？」

アッシの質問に圭介が黙っていると、

「よく言った、アッシ。ちゃんと聞いてやってよ。圭介ったらアタシにも蒼さんのことはあんまりしゃべんないんだ」

「圭介さん、確かに弥生さんより蒼さんラブだよな」

「いや、まじでシャレにもなってないからね」

弥生の言葉にアッシとマコトが受けて笑っていると、ジムの窓から会長が顔を出した。

「うるせーな、お前ら。ジムの前にたまるなって言ってんだろ」

「お疲れっス」

と会長に挨拶する圭介。

「ひまなんだったらお前らもやれよ格闘技」

「無理っス」

「なんでだよ。チャレンジしてみろって」

「痛いっス」

などと答えている男たちの声を遮り、弥生が手を挙げて言った。

「私やりたい！　柔道楽しそう」

「柔道じゃないし……」

「え、そうなの」

話す気力を失い、会長がピシャリと窓を閉めると同時に練習を終えた蒼が現れた。

「おせーよ！」

「お疲れっス」

後輩たちが挨拶すると、圭介が声をあげる。

「すっげー、腹減っちまったよ」

そのあとはトンカツだ、ラーメンだと、それぞれが食べたいものを主張しながら歩き始めた。

これも蒼にとっては日常的な光景、仲間たちといてほっとできる瞬間だった。

気がつくと蒼たちは繁華街の中心部まで来ていた。繁華街といっても、この二、三年で店がいくつも閉店して寂れていた。さらに歩くと、再開発地区に入る。ここには富裕層をターゲットにした高級店が多く出店していた。

「たまにはうまいもん食おうぜ」

「金ないっス。マックでいいんじゃないですかね」

「ここまで来てマックかよ！」

突然、アツシが興奮した声をあげた。

「おいマコト、あれ、ポルシェの新しいやつじゃね」

そう言いながら黒塗りの車に向かっていった。

その声に誘われたマコトもあとにつづく。

アツシがポルシェをベタベタさわりながら言った。

「でた、でた、でた。俺さ、化粧品ビジネス成功したら、ちょうどポルシェ買おうと思ってんだよな」

いままで職についたこともないくせに、アツシは「三回磨いたら歯が真っ白になる歯磨きを開発する」だの、「いま香水の開発実験をしている」などとよく言っていた。

「お前なんかせいぜいタイヤしか買えないだろ」

メグミがいつものツッコミを入れる。

「買うんだよいつか、ポルシェを。乗せてやんねえからな」

「買う？　はい？　絶対無理」

「無理じゃない」

「無理」

「無理じゃない」

するとから声がした。

「おい、お前ら！　触んな、汚れるだろうが」

レストランからでてきた悠真だ。

裏カジノで一通り遊んで出てきたところで、気持ちも高揚している。

顔立ちも良く、高級そうな服を着た悠真に全員が嫉妬した。

「そんな言い方すんなよ」

圭介が言った。虫けら扱いされると、いつも熱くなる。

悠真は圭介を少しのあいだ睨《にら》んだが、リモートでキーを解除して車に乗り込み、走り去った。

それを見送る圭介がつぶやく。

「いいなぁ……ポルシェ」

つい本音が出てしまった。

圭介たちには一生買えない車だ。

蒼は圭介の胸をポンッと叩き、歩き始めた。

車なんかいらないだろ。仲間がいれば。

蒼は胸のなかで圭介にそう言った。

「帰ろっか」

「だな」

「明日も早いし」

誰かが言うと、全員が賛同したかのように歩き始めた。

蒼は空を見上げた。

今日は珍しく星がたくさん見え、軽く微笑んで仲間たちと別れた。

＊　＊

鳥の鳴く声で目が覚めた。

起きて窓の外に目をやると、たくさんの鳥たちが停泊している船のまわりを飛んだり、降り立ったりしていた。

気持ちのいい朝だ。蒼は昨日早めに帰ったからだと考えながら出勤の準備をする。とは言っても作業着を着て、家を出るだけだ。

いつも自転車で大学まで通っていた。

家を出て海沿いに走り、風を感じるのが好きだった。

しばらく走ると住宅街に出る。

町を抜けたあたりに川があり、次にその土手を走る。

するとまたマンションが連なる一角があるのだが、とあるマンションの前に差しかかったところで、ペダルを踏む足を緩めた。

目の前に、あの人がいる……。

美夏がマンション前の歩道に立ち止まり、年配の女性となにか話している。

旧講堂での二度目の出会いからちょうど一週間が過ぎていたが、毎日のように美夏の姿とピアノの音色を思い出していた。

斜め後ろには、前に屋上で見かけた年配の女性もいる。

話しているのは母親だろうか……なにか揉めているように見え、道の反対側にゆっくりと自転車を止めた。


本当にいらいらしていた。

美夏は事故の後、大学への送り迎えをばあに任せていたが、いろいろ考えて昨日母親に電話して「明日から一人で歩いて行く」と宣言したのだ。

そして朝、マンションから出てくると、母親とばあが車で迎えに来ていた。

「今日も車で送るから」

と言う母親を、美夏は突き放す。

「とにかくこのまま学校に行かせて。間に合わなくなっちゃう」

ステッキを使えば何とか行ける。

どこをどう曲がるか、何歩で交差点があるかなど、レコーダーに吹き込んでおいたので大丈夫なはずだ。

「ねえ、美夏。相原先生から聞いたんだけど、手がしびれてときどきピアノが弾けなくなるらしいじゃない。とにかく一度、実家に戻ってらっしゃい。お医者さんにもう一度よく診てもらいましょう」

「家からだと学校遠いの」

「そんな状態で学校行ってどうするのよ。うちでゆっくり話しましょう。お父さまも心配してるし……」

「ピアノ、一日でも休みたくないの。夢を叶《かな》えたいの。のんびりしてたら治ったときに手遅れなの」

語気を荒らげた。

「ばあ、ステッキ!」

ばあは、少し戸惑いながら持っていたステッキを彼女に渡してきた。

「一人で大丈夫だから、帰って！」

歩き出しても後ろで見られているのを感じて、半分振り返って言った。

「もう一年以上、いつも歩いてるコースだから」

「お気をつけてね」

＊　　＊

道路の向こう側の声はところどころしか聞こえなかった。それでも、美夏が声を張り上げていた言葉は、蒼のもとまで届いた。

通学の送り迎えを断って自立しようとしていること、そしてピアノに対して並々ならぬ熱意をもっていることだけは理解できた。

「ピアノ、一日でも休みたくないの。夢を叶えたいの……」

その言葉が、耳にいつまでも残った。

美夏が歩きだすと、自転車をその場に置いて、七、八メートルほどの間隔を空けてあとを追った。

歩き出した方向は、学校とは正反対だった。

どこへ行くのだろう？

不思議に思いながら後ろを歩いていると、すぐに答えがわかった。

音声案内つきの信号がある交差点を渡るために、遠回りしていたのだ。左手に小型の携帯電話のようなものを握りしめ、ときおりそれを耳に当てている。

『信号を渡ったら左に三十歩歩いて右折。曲がり角に電信柱……」

少し近づくと、かすかにボイスレコーダーの音声が聞こえてきた。

土曜日の朝八時だからか、道に人は少なく、ナビに従って進む足取りはしっかりしている。

ときおりすれ違う人も、追い越していく人も、ステッキをついて歩く美夏を気遣い避《よ》けていく。

蒼はただ、その後ろ姿を見守りながら歩く。

やがてマンション通りから畑が広がる地区へと入っていく。

六月初旬の空は、やがてやってくる雨の季節を予感させるように、うっすらと雲がかかっていた。

畑のずっと奥に見える工場の煙突を遠景にして、周囲には緑が広がっている。

静寂を破って、ヒバリの鳴き声が聞こえた。

このままどこまでも同じ空間を歩いていけたらいいのに……。

蒼はふと頭に浮かんだ思いをすぐに打ち消した。

この感情が何なのか理解できなかった。

今だけ、あとほんの数分、あの人を大学の前に送り届けるまで、守る役目を果たしたい。

『左に橋を渡る』

川に差しかかると、ボイスレコーダーの声が聞こえた。橋を渡り始めると、前方に人が見えた。

中学生らしい男の子と女の子が話し込んでいる。夢中で話している彼らに美夏の姿は見えていない。

蒼は美夏を追い越して彼らを橋の反対側へ導くと、次に正面から走ってきた女性ジョガーにジェスチャーで進路変更を促す。

まるで警備員のようで心の中で少し笑った。

やがて十五分ほどで大学にたどり着いた。

門をくぐってキャンパス内に入ると美夏の足は旧講堂へ向かう。

またあのピアノを弾きに行くのか……先週も確か土曜日だった。

ということは……。

蒼は突然きびすを返して走り出した。

今週初め、学校内に投書があったことを思い出したのだ。

「学生出入り禁止の旧講堂に学生が立ち入っていた」

という内容の投書で、スペアキーを預かっている校務員に管理を厳重にするよう通達があった。

間違いなく今日は、鍵がかかっているはずだ。

校務員の詰め所にたどり着き急いでキーボックスを開け、旧講堂のスペアキーを取って一目散に旧講堂に戻った。

美夏はすでに旧講堂の鍵が閉まっていることを確認したのか、がっくりした様子で元来た道を引き返すところだった。

蒼は気づかれないように旧講堂の扉を開けて美夏のほうを振り向いた。

そして蒼は腰のキーチェーンにつけていたガムランボールを取り、それを揺らした。

シャラッ、とガムランボールが音を立てる。

「……だれ？」

返事の代わりに蒼は石段を下りて少しだけ彼女に近づき、もう一度ガムランボールを揺らす。

こっちに来て……。

頭の中でそう言いながらまた鳴らした。

美夏は音のする方へ向かって歩き出し、導かれるかのように扉の前まで戻ってきた。

＊　　＊

鍵が閉まっていた旧講堂から立ち去りかけたところで、美夏はガムランボールの音が聞こえて、音のする方へ向き直った。

「……だれ？」

返事はない。

ガムランの音は旧講堂の扉辺りで鳴った。

何だろう。

しかし怖い気はしなかった。

もう一度、今度はもう少し美夏に近いところで音が鳴った。

美夏は不思議に思い、手繰り寄せられるような感覚で旧講堂へと引き返し、石段を三段上って両手で扉を探った。

「あ……」

扉が開いてる。

中へと歩を進めた。

この前も、ここであのガムランボールの音を聞いた……。


その頃、横浜音楽大学本校舎のアンサンブル室で、悠真は学生の弾くピアノを聴いていた。

昨夜も夜遅くまでカジノで派手に遊んでいたので、あくびが出てしまう。学生がちらりと見るが、悠真は関係ないと言わんばかりにさらに大あくびをした。

悠真はここのピアノ科非常勤講師だった。

悠真の父・北村真一《しんいち》はピアニストから指揮者に転向して成功し、日本はもとより世界中に名を知られていた。悠真自身も子供の頃からピアノの才能を発揮し、高校生時代は「父親の才能をしのぐ」と周囲の人々から言われた。

しかし、いつしかピアノへの情熱を失ってしまい、ピアノ漬けの生活に嫌気が差してジュリアード音楽学校を退学し、その後しばらくニューヨークでぶらぶらしていた。

昨年日本に帰国してからも職についていなかったが、見かねた父親のコネで横浜音楽大学の講師となったのだ。

今は週に三日、ピアノ科の三、四年生を教えている。今も目の前で、三年の学生がべートーベンの『悲愴《ひそう》』第三楽章を弾いていた。

だが、その音は悠真の耳を素通りしていく。

ピアノなんて見たくもない。

悠真はいつもそう考えていた。いつも頭に浮かんでいるのは、最近通い詰めている裏カジノの光景だった。ピアノバーで出会った杏奈に誘われて足を踏み入れ、杏奈の思惑通りそこから抜けられなくなってしまった。

勝ったのは最初のうちだけ。あとはずっと負けが込んでいる……。

泥沼にはまっていく感覚はあったが、どこか麻痺《まひ》していた。


六月二週目の土曜日、蒼は雨の音で目覚めた。

もしかして今日も、先週と同じ時間、あの人が旧講堂へ来るかもしれない……。

蒼はいつもより一時間早く出勤し、鍵を開けた。

そのあと急いで新校舎のトイレの清掃を済ますと、剪定《せんてい》用具を載せたリヤカーを引いて旧講堂へと戻った。

時刻は九時半、雨はもう上がっている。

しかし旧講堂に近づいてもピアノの音は聞こえてこない。

埃《ほこり》で汚れていた窓ガラスを軍手で拭いて中を見ると、美夏はピアノの前にいた。

だがその手はピアノの鍵盤ではなく自分の顔を覆い、体はピアノに覆いかぶさるように前傾していた。

最初に見たときのように、また途中で弾けなくなったのだろうか……。なおも見つめていると、美夏は突然椅子から立ち上がり、とぼとぼと出口へと歩きだした。

蒼は窓から離れ、リヤカーの傍らでそれとなく様子をうかがった。

旧講堂から出てきた美夏は階段でつまずき、握っていたステッキを落とした。

蒼はすぐさま駆け寄ってステッキを拾い、それを美夏の手に持たせて、すぐに立ち去ろうとした。

「待って！」

そのとき、ベルトにつけていたキーチェーンが揺れ、ガムランボールが音を立てた。

美夏に呼び止められ、蒼の足が止まる。

「そのガムランボール、わたしのですよね」

蒼は返そうと、慌ててキーチェーンからガムランボールを外そうとする。

「いいの、返さなくて。……正直それ、ちょっとうるさかったし」

蒼が戸惑っていると、美夏はなおも言葉を継いだ。

「いつもここの鍵を開けてくれるの、あなたですよね？　あなたもピアノ科？」

問いかける美夏の表情は、少し不安そうだ。

蒼はいつも頭に思い描いていた人から声をかけられてドギマギしながら、黙って見つめていた。

「なんでなにも言わないの？　わたしとは、しゃべりたくない？」

蒼は言葉を持たないことを説明しようと、ポケットからスマホを取りだして、一歩近づいた。言葉がどうしても必要なとき、蒼は打ち込んだ文字を読み上げてくれるスマホの音声作成機能を利用している。

文字を打ち込もうとしている蒼の前に、左手が差しだされた。

「わたしの質問に手の甲を叩いて答えて。ＹＥＳなら一回、ＮＯなら二回」

目の前にある、白く美しい手を、蒼はまじまじと見つめた。

この手があの美しいメロディーを紡ぎだすのか……。

答えを返すためにその白い手に触れようとして、蒼は思い止《とど》まった。

指先も、軍手にも汚れがこびりついている。

こんな汚れた指で、ひたむきに夢を叶えようとしている人の手に触れるわけにはいかない。

美夏は無言で蒼の返事をじっと待っている。

蒼はポケットに入れていたサインペンで美夏の左手を軽く叩いた。

トン、と一回。

「YES」のサインだ。

「やっぱり。ピアノ科なのね」

蒼は迷い、再度トンと一回叩いた。

嘘《うそ》をついてしまった……。

このままつながりが切れてしまうのが怖かった。

「あなたも、あのピアノに目をつけたんでしょう？　古いからタッチが柔らかいよね」

蒼をピアノ科の学生と思い込んだ美夏が、なおも聞いてくる。

答えられず、黙っていると、美夏が言った。

「あなたに……お願いがあるんだけど……」

その顔から緊張感がとれている。

「これからもここの鍵を開けてくれないかな？　毎週土曜、同じ時間に……」

再び、目の前に白い手が差しだされた。

今度の答えは簡単だ。

蒼は目の前の左手を、サインペンで軽く一回叩いた。
（YES）
「ありがとう。わたしはジンナイミカ。あなたは？」

手が、また蒼の目の前に差し出された。

沢田、と書くか、蒼と書くか、ひらがなで書くか、カタカナがわかりやすいのか。

またも迷いながら、彼女の手の甲にひらがなで「あ・お・い」とサインペンで書いた。

だが、迷ったことと緊張から、文字は歪《ゆが》んでしまった。

「お・へ・そ？」

彼女はそう聞いたあと、笑った。

初めて見た笑顔は、その瞬間吹いてきた風と同化して、蒼はその瞳に吸いこまれてしまう感覚に襲われた。

「それじゃぜんぜんわかんない」

美夏の言葉で我に返った。

美夏はそう言うと、手の甲を裏返した。

「もう一回、手の平に書いて。指で」

蒼は指先の汚れと汗を作業着でこすり、今度は一字一字、丁寧に指で書いていく。

まずはひらがなで「あ」と書いて、彼女を見やる。

「あ？」

蒼は次の文字に移る。

「お？」

今度は通じていた。

最後の文字を彼女の手の平に書く。

「い？　……あ、お、い？」

蒼は小さくうなずきながら、彼女の手の平を軽く一回叩く。

（ＹＥＳ）

「あおいさん。いつか、あなたのピアノも聴かせてね」

美夏が自分を見ている。

あまりにも透き通った瞳を見ているうちにとんでもないことをしたという後悔に駆られた。そして恐怖心から逃れるために疑念が生まれた。


彼女は本当に見えないのだろうか？

俺の作業着も、俺がついた嘘も。

本当は彼女にすべて見えているんじゃないのか……。


旧講堂から遠ざかって行く美夏の後ろ姿を見つめながら、蒼の胸には喜びと不安が入り混じっていた。

初めて間近で触れ合えた喜びと、自分を偽ってしまったことへの罪悪感……。

「いつか、あなたのピアノも聴かせてね」という美夏の言葉が、蒼の頭でくり返される。

……いまは約束だけ考えることにしよう。

毎週土曜日、あの人のために旧講堂の鍵を開けておく。

それがあの人の夢を叶える道につながるのだ……。

＊　＊

旧講堂をあとにしながら、美夏は今起きた出来事を頭の中でリプレイしていた。

幼稚園から小学校、中学校、高校、そして大学へと進むあいだ、美夏には心から打ち解けられる友だちがいなかった。

というより、つくらなかった。

自らが「天才」ではないと自覚していた美夏は、ピアニストになる夢を抱いた幼稚園児の頃から、遊びも友だちも遠ざけ、徹底してピアノの練習に明け暮れる生活を送ってきた。

だから、人と話すのは苦手だ。

特に、同じピアノ科の学生に声をかけられると、ついきつい物言いになってしまい、それがまた自分をいら立たせていた。

でも、今日はなんだか自然に言葉がでてきた。

知らない学生と、あんなふうにおしゃべりできるなんて……。

「お、へ、そ？」だなんて、わたし何をばかなことを言ったんだろ。

あおいさん……彼は何年生だろう？

なんで話さないんだろ。

声が失われているから？

わたしが屋上で落としたガムランボールをもっていたということは。

あおいさんがあのときわたしを救ってくれた人なのだろうか？

ピアノ科の学生全員をライバルとして遠ざけてきたのに、なぜか蒼のことはもっと知りたくなっている。

来週になれば、きっとそれもわかる。

土曜日が楽しみだ。

美夏はいつしか自分の顔が微笑んでいることに気づいた。

今日は事故以来、久しぶりにたくさん笑った……そんな気がした。

ソルフェージュの授業を終えた木曜日の午後、美夏は学生支援室に呼ばれ、ソファーに座っていた。

「あ、甚内さん、ごめんごめん」

学生支援室の尾藤《びとう》はそう言いながら部屋に入ってきた。

「相原先生にも来ていただいたんだけど……」

つづいて相原が、テーブルの向かい側に腰を下ろす気配がした。

美夏は先手をとるかのように自分から用件を問いただす。

「それで、お話って？」

「ご両親がね、校内でどうしているか心配なさってて……それで、連絡をもらってね……」

尾藤が切りだしたが、美夏はなにも答えない。

「……調子はどうなの、甚内さん？　手術はうまく行ったって聞いてるけど」

今度は相原がたずねた。

「事故直後よりは回復しています。ものの形が少しわかるようになりました」

つづけて相原が聞く。

「手のしびれのほうはどう？」

「だいぶいいです……」

美夏が簡潔に答えたあとは、少し間が空いた。

「実はね……支援室の尾藤さんとも話してね……作曲科に転科してもいいんじゃないかって」

「作曲科……？」

美夏が問うと、尾藤が相原の提案をあと押しする。

「ほら、うちは作曲の先生も実力者、揃《そろ》ってるし」

「話はそれだけですか？」

「ええ、まあ、そうだけど……」

と、相原の言葉は歯切れが悪い。

「わたしは先生がたのようになるつもりはありません。ピアノ科はぜったいにやめません。失礼します」

美夏は立ち上がって部屋を出た。

そして地下にある学生支援室を飛び出て、美夏は校舎から広場へとやってきた。

作曲科への転科を毅然《きぜん》と断ってはきたが、頭の中は混乱していた。

転科の勧め自体、美夏にとって考えてもいないことだった。

みんな、もうわたしがピアノを弾けないと思っている？

わたしはぜったいに諦めない！

でももう限界なのかもしれない……。


希望と絶望が交互に押しよせ、美夏の頭の中は破裂しそうだった。

休み時間中の広場は大勢の学生が行き交ううえ、練習に励む学生が奏でる楽器の音も混ざって複雑な不協和音が生まれていた。

そんな中、道を横切っていると前から来る人にぶつかり、そのはずみで、体が左へ回転してしまい、方向を正そうとする美夏の耳に、広場に広がっていた不協和音が一度に押し寄せた。

どっちへ行けばいいの……？

方向を失って、美夏はパニック発作に襲われた。

今まで蓄積された不安が一気に押しよせたかのようだった。

周囲の話し声や音に加え、自分の激しい息づかいも耳に響いてきて、美夏は過呼吸状態で広場の交差点に立ちすくんでしまう。

もう……ダメかもしれない……。

美夏の目から涙がポロポロと流れた。

と、そこにあの音が聞こえてきた。

騒音の中に小さく響く、涼しげなガムランボールの音色……。

「あおいさん？」

ガムランボールの音に集中すると、周囲の騒音が聞こえなくなり、静けさに包まれた。

呼吸も少しずつ平常に戻っていく。

美夏は音のする方へ体を向け、歩みを進めた。その歩調に合わせるように、ガムランボールの音は少しずつ離れながら、美夏の進む方向を示してくれた。

音に誘われながら雑踏を抜けていく。

この音が、この人が、またわたしを救ってくれた……。

静かなこの世界には今、ふたりの人間しか存在しない。

美夏は歩きつづけた。

目の前を歩いている彼を想像しながら。


悠真にとって、実家は決して居心地のいい場所ではなかった。

その日も夕食後のデザートを巡って両親と弟のあいだで交わされる会話を冷めた思いで聞いていた。

父の真一は、現在ウィーンを拠点とするオーケストラの音楽監督を務めているため、一年の大半は日本にいない。

母親の真理子《まりこ》はピアニストで、いまは現役を退いているが、悠真が子供の頃は演奏活動で家を空けることが多かった。

今日は久しぶりに、父と母、そして弟の和真《かずま》が横浜の家に揃った。

「おいしいでしょう、川田《かわた》さんからいただいたのよ」

羊羹《ようかん》を食べている父に母が言う。

「そうかあ。やっぱり羊羹はうまいな。ウィーンで食べるザッハトルテもうまいけどな」

「お父さんは甘いものならどこの国のものでもいいんじゃないの？」

真一の言葉を受けて、和真が茶化す。いつもの決まった家族の会話のパターンだ。

「いや、やっぱり和菓子の繊細な甘さは格別だよ」

他愛なく嘘くさい会話に、悠真はいつも加われない。

このときも愛想笑いを浮かべて聞いていただけだった。

「そうだ、お父さん、今度のリサイタルの曲目、あとで見てくれない？」

弟の和真が父に甘える。

「ああ、いいよ」

「選曲で迷っててさ」

和真は、いま売り出し中のピアニストだ。

悠真がジュリアード音楽学校に通っていたとき、高校生だった和真が日本で権威のある学生音楽コンクールで優勝し、「北村真一の天才息子」としてメディアでもてはやされた。かつて自分がそう呼ばれたように。

本来なら喜ぶべき弟の快挙を知ったとき、悠真のなかでなにかが壊れた。

壊れたのではなく、とっくに壊れていたことを初めて自覚したのだ。悠真がピアノに興味をなくしたのは、和真への嫉妬だったのかもしれない。

父と弟の会話に居心地の悪さを感じて、悠真は席を立った。

「ごちそうさま、ちょっと出てくる」

とくに向かう場所もなく愛車のポルシェを走らせた。

海沿いに出るとさらにスピードを加速させた。

このまま消えてしまえればいいのに。

自分がなぜこの世に存在しているのか、分からなくなる。

今日もあそこへ行こう、悠真はそう考えた。


翌朝、悠真は気だるい表情で起き上がり顔を洗った。昨日も負けたがツケでゲームをつづけた。その後は浴びるように酒を飲んだ。

悠真は毎週、月、火、木の三日間、授業を受け持っていた。木曜日は三限と五限、二コマの授業がある。

三限の授業で学生が弾いているのはバッハの『シンフォニア第一番』だったが、二日酔いもあり悠真は今日も上の空だった。

天才が作った曲を、凡人が弾いているのが我慢ならない。音を頭の中で通過させるのがいちばんよい。

ようやく終わると途方に暮れた。

非常勤講師には校内に控室が与えられているが、悠真はその部屋を利用したことが一度もなかった。

これまで担当授業の合間は学外の店で時間をつぶしていたが、今日はキャンパス内を歩き回ることにした。

腕時計に目をやった悠真は、「チッ」と小さく舌打ちして、つぶやく。

「次のコマまであと一時間もあるのか……」

悠真は一服しようとあたりを見回した。

喫煙所は遠い。

あそこならいいか。

学生の行き交う道から、人目につかない旧講堂の前へとやってきた。

この一角に足を踏み入れたのは初めてだった。

ポケットから取り出したタバコに火をつけ、何気なく目の前にある建物の中に目を向ける。

薄暗い部屋の真ん中に、一台のグランドピアノが見えた。

その周囲には段ボールや空っぽの棚や折り畳み椅子が無造作に置かれている。どうやら倉庫代わりに使われているようだ。

打ち捨てられたように置かれたグランドピアノに興味をひかれた悠真は、入り口のドアノブを回そうとする。

「鍵がかかってんのか……」

そう知ると、なおさら入りたくなり、ドアを強く押し引きしているうちに鍵が壊れてあっけなく開いた。鍵穴が古くてもともとグラグラしていたのだ。

そのまま旧講堂の中に入り、グランドピアノの前に座った。

不思議と、嫌な気分ではなかった。

子供の頃、上達するのが楽しくてピアノが大好きだった頃の感覚を思い出し、講堂の中を見回した。

この空間には不思議な力があるのかもしれない。

悠真は鍵盤蓋を開けておもむろに弾き始めた。

ショパンの『英雄ポロネーズ』だ。

考えて曲を選んだわけではない。

指が自然と、好きだった曲の音符をなぞっていた。

ピアノを弾く喜びを、悠真は久しぶりに全身で感じていた。

もう何年も忘れていた、至福の感覚だった……。


美夏と約束を交わした日から、蒼の足は旧講堂へ向かうことが多くなった。

あの人……みかさんが次にここへやってくるのは土曜日だが、もしかしたら今もピアノを弾いてるかもしれない。そんな淡い期待にもドキドキした。

その日もリヤカーを引いて旧講堂の近くまで来ると立ち止まった。

扉が開いているのが見えたのだ。

中から小さくピアノの音が聞こえてくる。

みかさん……？

開け放した扉に近づき、そっとのぞくと……ピアノを弾いていたのは若い男だった。

ピアノ科の学生？

それとも先生だろうか……。

蒼はいつしか、力強いピアノの音と、一心不乱に弾きつづける横顔に見入っていた。

普段聞こえてくる学生たちの演奏とは明らかに一線を画していることは素人の蒼にも理解できた。

美夏の繊細なピアノとは正反対で、力強く怒りに満ち溢れていた。

心の中までずしりと響いてくる音にすぐさま感動を覚えた。

ピアノの演奏が終わると、蒼は外から拍手を送った。

演奏者は拍手の音に驚いて、扉のあたりに立っている蒼のほうを振り向き、鍵盤蓋を閉めて立ち上がった。

「なんだよ……誰だお前？」

顔も声も不機嫌そのものだ。

睨むようにして蒼を威嚇する。

かまわず蒼は旧講堂の中に入り、ポケットからスマホをだして、音声メッセージを打ち込んだ。

〈ピアノ　ヒイテ〉

音声メッセージが、スマホから無機質な声を発する。

「は？　なに言ってんだ、お前」

相手からはきちんとした身なりとはそぐわない乱暴な答えが返ってくるが、蒼は怯《ひる》まない。

もう一度、素早く次の音声メッセージを打ち込む。

〈カネ　ハラウ〉

スマホの機械音に、今度は蒼を小ばかにしたような答えが返ってきた。

「フッ……金を払う……？」

蒼の作業服を一瞥《いちべつ》し、蔑むように言った。

「お前が……この俺に？」

そして右手で蒼の肩を押しのけ、旧講堂から出て行った。

あの男、どこかで見た覚えがある……と蒼は思ったが、誰かを思い出すことはなかった。


悠真は夕刻に授業を終えると、裏カジノに向かった。

このところ、三日にあげずに通っている。

これだけ負けがつづいたのだから、今日あたりツキが回ってくるはずだ。ルーレット、スロットマシーン、ポーカー、バカラ……一通りのゲームが揃っていた。

今日の悠真はタバコをくゆらせ、バカラのテーブルについた。

バカラはトランプを使ったゲームで、ルールは極めて単純で、勝負は速い。カジノのディーラー（進行役）が仮想のバンカー（胴元）とプレイヤー（客）にトランプを二枚、または三枚配り、カードを合計した数の下一桁が「九」により近いほうが勝者となる。

この単純さが悠真の好みに合った。

だがこの日も、勝ったのは最初の二、三度だけで、あとは何度賭けても負けが込み、イラついた悠真は、テーブルの脚を蹴り上げた。

「お客様！」

ディーラーが注意する。

「うるせえ！」

黒縁メガネをかけた横道が悠真のもとに近づいた。

「お客様、他のお客様の迷惑になるような行為は困ります」

悠真は立ち上がり、言った。

「だまれ、貧乏人。何が『お客様』だよ。高《たけ》えスーツ着てっからって、育ちは隠せねえぞ」

横道の目が変わった。黒服ではなく、街をうろつく半グレの危険な目であった。

「今の言葉、絶対忘れんなよ」

悠真と横道がしばし睨み合っていると、上司の鼓道がやってきた。

「ちょっとよろしいでしょうか」

有無を言わせない鋭い響きがあった。

悠真はカジノの奥にある部屋に連れて行かれた。

「お客様の借用書を計算させていただきますので、少しお待ちください」

そう言われ、悠真は憮然《ぶぜん》としながら事務所らしい部屋の椅子に腰かけている。

経理係の女がそう言って、悠真の前のテーブルに紙の束を投げ置いた。

「三百万です」

「三百万!?」

「はい、正確に言うと三百八万二千円」

後ろから女が言う。

悠真は耳を疑った。

確かにこのところ毎回十万単位で金を借りつづけてはいたが、三百万にまで膨らんでいたとは思わなかった……。親から莫大《ばくだい》な額の小遣いをもらってはいたが、とても間に合わない。

「ここまでかさむと、一度清算していただかないと」

鼓道の言葉は丁寧だが、その口調に素人がだせない凄《すご》みが混じっている。このような裏カジノの運営に暴力団が絡んでいることは容易に考えられた。悠真は初めて自分が置かれた状況を呑《の》み込むことができた。

あのときのポルシェの男だ。

別れたあと、蒼は思い出した。

思わぬ形でポルシェの男と再会し、仕事を終えた蒼が校内駐車場の脇を通ると、そのポルシェがゆっくりと出ていくところだった。

もう一度頼んでみよう。

自転車で必死に後を追った。

信号の多い都市部を走る車を自転車で追うのは案外たやすいことに気づく。十分も走らないうちに車は繁華街から少し外れた雑居ビルの横で止まった。

車をパーキングに入れ、あの男はマンションの裏手に回る。

そして裏の階段から、このビルへ入って行った。

ここはあの男の家ではなさそうだ。

会員制のクラブかなにか、だろうか？

出てくるのを待ってみようと思った。

蒼は深夜まででも待つつもりだったが、男は一時間半で出てきた。裏階段の上からなにかがぶつかるような音が聞こえ、見上げるとあの男がいた。何が気にいらないのか、床に置いてあった木材を何度も蹴り飛ばしていた。

蒼は階段を駆け上がり、男の前に立った。

「またお前か……」

男は学校で会ったときよりさらに不機嫌さを増した顔で蒼を見た。

蒼はスマホの音声ソフトを使って、昼間の言葉をくり返す。

〈ピアノ　ヒイテ〉

男は昼間の出来事を思い返したのか、呆《あき》れた表情で言う。

「お前……そのために俺の後をつけてきたのか」

男は蒼に近寄って来た。

蒼は再びスマホを操作して、思いを伝える。

〈オレノ　カワリ〉

「……お前の代わり？」

男がオウム返しに言う。

蒼は必死に次の言葉をスマホに打った。

〈キカセタイ　ヒト　イル〉

男は何か思いついたようににやりと笑った。

「俺の演奏は、高いよ」

蒼は男の顔を見ながら、次の言葉を待った。

「一回の演奏に、十万だ」

予想以上の数字に、蒼は返事ができない。

「はは……無理だよな」

男は鼻で笑って、立ち去ろうとしている。

蒼は男の左腕をつかんで引き留め、右手を全部開いて男の顔の前にだす。

頼む、五万にしてくれ。

そのあと、両手を合わせて男を拝む仕草をする。

お願いだ……。

必死な蒼の表情を見て、男は再びにやりと笑った。

「わかったよ。いいよ、五万で」

そう言って階段を下りて行った。

よかった。

一安心した蒼の顔に、笑みが広がった。

これで、みかさんとの約束が果たせる……。

次の土曜日がやってきた。

蒼は旧講堂の近くで「自分の代わりにピアノを弾いてくれる男」を待っていた。

交渉が成立した後、蒼はスマホの音声機能を使って、最低限必要な情報を男に伝えてあった。

きたむら　ゆうま。

男はあの日、そう名乗った。

「心配するな。金を払えばお前の言う通りやってやるよ」

彼はそう言ったはずだが、すでに約束の時間は過ぎている。

みかさんはもう、旧講堂のピアノの横に座って、ピアノの音が鳴りだすのを待っている。

歩いてくる姿が見えたが、急ぐ様子はまるで見られない。

蒼は悠真のもとへ走り、左腕をつかんで急《せ》かす。

「気安く触るな」

手を振り払った悠真が蒼に向き直る。

「金は持ってきたのか？」

ポケットから無造作に五万円をつかみだし、差し出す。

金を取ろうと悠真が手を伸ばしてきたとき、蒼は素早く手を引っ込めた。

「なんだよ。わかってるよ。部屋に入ったら一言もしゃべるなってんだろう？」

蒼がうなずくと、

「大丈夫、うまくやってやるよ。まかせとけ」

蒼は悠真とともに旧講堂の前までやってくると、音が鳴らないように気をつけながら、ガムランボールを手渡した。

わかった、と悠真はうなずき、美夏の待つ旧講堂の中へと入って行った。

蒼の胸には不安が渦巻いていたが、もうあとは任せるしかない……。


毎週土曜日に旧講堂で過ごすひと時は、美夏にとって唯一の安らげる時間にもなっていた。

でも、今日はいつもと空気が違った。

鍵を開けておいてくれただけでなく、蒼は扉の前で待っていた。

ガムランボールの音で導いてくれたのは、講堂の真ん中辺りに置かれた椅子。

多分ここは、グランドピアノの右側……。


今日はあおいさんのピアノが聴ける。


そう思うと、胸の音が少し速まるのを感じた。

彼はなにか準備があるのか、一度ここから出て行ったようだ。

待っているあいだに、美夏の動悸《どうき》がまた少し速まった。

入り口の方角から、静かな足音が近づき、美夏のすぐそばで音が止《や》んだ。

「あおいさん……？」

美夏の手の甲を叩く代わりに、ガムランボールがシャラッと一度振られた。

「ＹＥＳ」の合図だ。

ガムランボールがピアノの上に置かれた音と、蓋が開く音、そしてピアノの前に人が座る気配……。

美夏は思わず息を止めて、次の瞬間を待った。

聞こえてきたのはラヴェルの『ソナチネ』第一楽章。

美しい旋律に満ち溢れていた。

思っていた以上だ……。

指使いはあくまで正確で、流れるようなメロディーをよどみなく紡いでいく。美夏はその演奏に引き込まれていった。


ガムランボールを悠真に渡し、自分の身代わりを託したあと、蒼は彼の演奏と、そばで聴いている美夏を、窓ガラス越しにうかがっていた。

悠真は演奏に集中している。

自分はこの神聖な空間にいてはいけない。

美夏は、悠真が奏でるメロディーに聴き入っているようだ。

大丈夫、きっと気づかれていない、
みかさんは俺だと思っている……。
罪深い嘘を重ねる後ろめたい気持ちを、無理やり閉じこめる。
ほっとした気持ちと同時に、別の不安も生まれる。
ピアノという楽器を通してつながっている悠真と美夏が、あまりに似合っている、いや、あまりにも通じ合っているように見えたから……。

演奏が終わると同時に、蒼は足音を忍ばせて旧講堂の中へ入り、気づかれないように悠真と入れ替わった。

悠真に代わってピアノの前に座った蒼は、静かに鍵盤を覆う蓋を閉じた。

「……また、聴かせてくれる？」

美夏の声がして、目の前に左手の甲が差し出された。

一瞬ためらった蒼だが、「トン」とやさしく美夏の手を叩く。

サインを受けとった美夏の頬が少しゆるんだ。

「ありがとう」

そう言った美夏を、蒼は複雑な思いで見ていた。

「NO」と答えたら、もう美夏と間近で触れ合うチャンスはなくなる。

でも、「YES」にはまた金がかかる。

多少の貯金はあるものの、蒼の給料は一ヵ月をようやく暮らせる程度のものであった。

校務員の給料はもともと安いのだ。家賃とジムの月謝、日々の生活費でほぼ消えて行き、これからは毎週ピアノの代行に五万円を払わなければならない。

蒼が圭介たちとたまり場にしている場所の一つに、弥生の父親が経営する車のスクラップ工場があった。そこの事務所なら冷蔵庫に入っている缶ビールやジュースが飲み放題で、お金もかからない。

その日も蒼たちは、夕食のあとスクラップ工場の事務室にたむろしていた。

アツシとマコト、弥生、メグミはここに着くなり「黒ひげ危機一発」を始めた。

黒いひげの海賊が入った樽《たる》に代わる代わるナイフを刺していき、刺しどころが悪くて海賊を樽から飛びださせてしまったものが負け、というゲームだ。負けたら手にシッペを食らう、という単純なルールでマコトや弥生たちがはしゃいでいる。

みんな、デジタル全盛の時代なのに古いアナログな遊びが好きだった。寂しいので人と触れ合いたいのかもしれないと圭介は盛り上がる仲間を見ながら思った。

蒼はそのゲームには加わらず、事務所の入り口に立っていた。

「夜も働きたいって、どうしたの？　金がいんの？」

圭介が怪訝な顔つきで聞く。

蒼はタバコを持った手をあげ、親指と人差し指を三センチほど離した。

少しという意味だ。

「うちは夜の現場やってねえからな」

圭介はそう言いながら、事務所の中に入って行くと、

「マコトんとこは？」

「えっ？」

一瞬、マコトはなにを聞かれているのかわからなかった。

「マコトが働いてる店の夜のバイト」

「あー、うち募集してないっすよ」

「そうか」

「蒼さんなんで金いるんすか？　女っすか？」

アツシが蒼を見て、直球で聞いた。

蒼はなにも言わなかったが、少しだけ表情が崩れた。

「え……蒼、女なの？」

圭介が驚いたような声で聞いた。

思わず苦笑してごまかす蒼を、マコトとアツシがはやし立てる。

「蒼さん、まじっすか？」

「あれ？　あれ？　あれ？」

「蒼さんついに彼女できちゃうんすか！」

蒼が困って横を向くと、男が蒼の肩をポンと叩いて事務所へ入って行った。

この工場の主《あるじ》、弥生の父親だ。

「お前ら……ここで溜《た》まんじゃねえっていつも言ってんだろう」

「金ないからしょうがないすよ」

　圭介が言い訳がましく言うと、

「じゃあ稼げよ」

　かつて暴走族だったが、更生した後は努力で工場経営者にまでこぎつけた父親らしい答えだった。

　弥生が、思い出したように聞いた。

「あ、そだ、お父さん、そいや、うち夜間人足りてないって言ってなかった？」

「ああ、足りねーんだよ。みんな夜勤は嫌がるからよー」

「なんか蒼さんがやりたいって」

「本当か？　お前やりたいのか？」

　蒼は組んでいた腕をほどき、うなずいた。

「よかったじゃないすか！」

　仲間たちが喜んでくれるが、ひとり、圭介だけが戸惑った表情で蒼を見ていた。


　そのすぐ翌日から、蒼の日常は変化した。

月曜日から土曜日までの校務員の仕事に加え、夜は週に三回、車のスクラップ工場で働き出した。

ジムは休止し、食費を切り詰めるために圭介たちとの食事を控え、夜はカップ麺でしのいだ。

それでも、蒼は満足だった。

土曜日になれば、ピアノを聴くみかさんの満ち足りた顔が見られる……。

スクラップ工場での仕事は、解体された車の部品やタイヤなどを運ぶ力仕事が大半だった。重労働のうえ夜間の作業なので、その分時給は高いが、一日四時間、週三日働いてもピアノ代五万円にはとうてい届かない。

バイトの時間を増やさないと、演奏をつづけられない……。

すぐに蒼は夜の仕事を増やした。さすがに社長も心配したが、蒼が押し切る形で了承させてしまう。

こうして昼夜働くようになってから、土曜日が何回か過ぎた。

季節は初夏へと移り、昼間の光の量と温度が急激に増し、屋外作業をしている蒼の体力を容赦なく奪ってゆく。

夜になると多少温度は下がるものの、回復する時間がないためか体力が激しく奪われた。

悠真にピアノの代行を頼んで何度目かの土曜日、蒼はそれまでと同じように悠真にガムランボールを渡し、窓の外から二人を見つめていた。

蒼に成り代わった悠真がピアノを弾き始めると、美夏は椅子から立ち上がってグランドピアノにもたれかかった。

近くで音を感じたいのか、リラックスした様子であった。

そんな美夏を眺めながら、蒼もいつしか窓の外で風を受け、眠りに落ちていった。

最近は大好きな風を感じる余裕もなかったのだ。


昼夜労働を始めて四週目の金曜日、蒼の疲労はピークに達していた。

スクラップ工場からアパートに帰ると、泥だらけの作業着のまま倒れ込みそのまま寝てしまった。

蒼にとって、この部屋はもはや寝るだけの部屋になっている。

目を覚ますと、カーテンから差し込む光が、いつもの朝より高い位置にいた。

まずい！

時計を見て、蒼は跳び起きた。

急いで支度をすると、散乱するカップ麺の空容器やペットボトルを蹴散らすように部屋から出ていった。

＊　　＊

いつもは時間ぴったりに来るのに、今日はあおいさんがいない。

美夏は旧講堂の扉の前に立ち、右手でドアノブを回してみた。

鍵はもう開いていた。悠真が無理矢理こじ開けたままだったからだ。

あおいさんが開けておいてくれたのかな？

美夏はそう考えながら中に入り、蒼の到着を待つあいだに久々にピアノを弾こうと思った。

選んだのは、『きらきら星変奏曲』だ。

幼い頃、祖母がよくこの曲を弾いてくれた。

「日本では『きらきら星』という名前で知られている曲はフランスに古くからあった恋の歌で、作曲家のモーツアルトが曲の音色や速度、リズムなどを変化させて変奏曲にしたのよ」

子供の頃、祖母から聞いた曲の由来を、美夏は思い出していた。

美夏にとって祖母との思い出の曲でもあり、自分自身数えきれないくらい弾いてきた曲だった。

しかし、美夏は弾き始めてすぐに演奏を中断した。

また右手に痺れを感じる。

「……怪我は治っているはずなのに、どうしてなの……」

交通事故で負った腕の怪我は、「ピアノ演奏になんの支障もないでしょう」と医師から説明されていた。

それでもしばしば右腕の痺れと痛みに襲われることを医師に訴えると、ジストニアかもしれない、と説明された。演奏家やスポーツ選手など、同じ動作をくり返す人に起こる神経障害だ。

ピアニストのケースでは、手や指の動作が緩慢になったり、動かなくなることがあるらしい。

これは事故の後遺症なのかもしれない……治るのだろうか……。

美夏が考え込んでいると、突然自分の右側からピアノの音が響いた。

『きらきら星変奏曲』の右手パートだ……。

この音は……毎週ここで聴いている、あの音だ。

あおいさん。

美夏は左手を鍵盤に置き、高音部を奏でる右手に合わせて弾き始めた。指が動く。美夏の表情が変わった。

『きらきら星変奏曲』は、十二の変奏パートに分かれている。曲調が急激に速まる箇所にきても、二人の息はぴったり合っていた。演奏には、わずかなブレもない。

ソロピアニストになる夢だけをひたすら追いかけてきた美夏にとって、連弾は興味の範囲外だった。子供の頃のレッスンや音大の授業で何度か体験してはいたが、今日のように心が弾んだことはなかった。

連弾がこんなに楽しいものだったなんて。

そして何よりも指が昔のように動くことに美夏の心は弾んだ。

大事な土曜日に寝坊をしてしまった蒼は、昨夜の仕事で汚れた作業着のまま、最大出力で自転車を走らせていた。

大学の門をくぐり、旧講堂へと急ぐ。

自転車を止め、扉に近づいて中をのぞくと……。

蒼の頭が真っ白になった。


ゆうまとみかさんが、二人でピアノを弾いている……。


美夏の右側に立った悠真の右手と、左側で椅子に座っている美夏の左手が、まるで一つの生き物の両手のように鍵盤の上で動いている。

息が合っているからなのか、ピアノから溢れ出てくる音色は格別に美しかった。

それが蒼の心に別の感情となって突き刺さる。

外から差し込む淡い光も、蒼には残酷な演出となっていた。

光の中にいる二人は、心を通わせた恋人のように見えるのだ。

美しい演奏をずっと聴きたい気持ちと、この残酷な絵面から逃げたい気持ちがせめぎ合った。

蒼の目から涙が一筋落ちる。

その涙は感動の涙であり、悲しみの涙であった。

分かっていた。

分かっていたはずなのに……。

蒼は最後まで聴かずに、ゆっくりその場を離れた。


始めた当初は高所が怖くて仕方なかった。でも今は立つ場所は高ければ高いほど気持ちが高揚する。

足場職人として建築現場で働く圭介にとって、土曜日はたいてい仕事日だ。建築現場での仕事も近々週休二日制が導入されると聞いていたが、圭介はあまり当てにしていない。

七月の初め。

久々に土曜休みが取れた圭介は、スクーターで弥生の父が経営するスクラップ工場に向かった。

高校時代は蒼と一緒に盗んだ中型バイクを乗り回し、地元の不良グループに属していた圭介だが、今はまじめに働いて乗り物もスクーターに落ち着いている。

今日は弥生と二人だけで映画を観に行く約束だ。

仲間と大勢でいるのが好きなので、映画もみんなと行きたかったが弥生が烈火の如《ごと》く怒るだろうから口には出さなかった。

工場の作業場に着くと、作業服姿の弥生が車の部品を磨いていた。

「なんだよ、まだ着替えてねえの？　映画、間に合わねえじゃん」

「これ終わらせたくてさ。まだ大丈夫だって」

答えてから弥生は作業の手を止め、タオルで手を拭きながら、少し真剣な口調でこう言った。

「蒼さん、大丈夫かな？」

「なにが？」

圭介には弥生の言葉の意味がわからない。

「お父さんに聞いたら夜のバイト、週五に増やしたって」

「週五？」

「うん」

ショックだった。

圭介は知らなかった。

だいたい、蒼に会う機会もめっきり減っていたし、会っても蒼は疲れた顔をしているだけだった。

「あいつ、そんなに金に困ってんの……？」

「さあ。前みんなといたとき女の子がどうこう言ってたよね」

「ああ」

「悪い女にひっかかってるとか？」

「……蒼はそんなやつじゃねえだろ」

弥生の言葉を否定したものの、圭介も不安になってくる。

「夜週五ってありえないだろ……ちょ、俺、行ってくるわ」

「はっ？」

「わりい」

「えっ、どこに？　どこ行くの、ちょっと、圭介……」

弥生の言葉が耳に入っていない様子で、圭介は猛スピードで工場を出て行ってしまった。

「つか、映画は!?」

弥生を完全に無視して、蒼がいるはずの音楽大学へと向かった。

スクーターを走らせながら圭介は蒼と出会った頃の記憶がよみがえってきた。

蒼と違い、圭介は一緒に暮らしていた父親がある日蒸発してしまったのだ。子供だった圭介はひとりで父を待ちつづけたが、結局は帰らず、そのまま養護施設に入れられた。

そして蒼と出会ったのだ。

その頃の蒼は言葉を持っていた。

二人はお互いの話をするようになり、やがて嬉《うれ》しいことや、悲しみも共有するようになった。

気がつくと毎日つるんで、喧嘩《けんか》して、夜はバイクで走り回った。

いつも一緒だった。

そしていつしか、お互いが「あいつを守る」と考えるようになり、あの事件が起きた。

俺を守るために蒼は……。

蒼は単なる友だちではない。圭介にとっては家族そのものだった。

そう考えていると、あっという間に大学に到着した。かなりのスピードを出していたに違いない。

この大学が蒼の職場であることは知っていたが、圭介がその内部へ入るのは初めてだった。作業員用の通用口へ向かうと、作業員だと思われたのかあっさり入ることができた。

しかし蒼がどこで働いているかもわからない。

圭介は校舎の前に集っている学生たちに声をかけた。

「あの、ここで働いてる沢田って、どこにいるか知りませんか?」

「さあ……」

学生たちの答えはそっけなかった。

自分たちとはあまりにも違う世界の住人である圭介に、どこか恐れを抱いているかのようだ。

「沢田蒼ってんだけど」

「沢田？　いや、知らないです」

圭介はなおもスクーターで進んでいくと、掲示板のガラスを磨いている初老の男が目に入った。

作業服だ。

同僚かもしれない。

圭介は男に近づき、たずねた。

「あの、沢田蒼って知ってます？」

今度は手ごたえがあった。

「……ああ、なんにもしゃべんねえ沢田か」

「あーそう、そいつです！」

圭介はヘルメットを脱ぎながら言った。

「今の時間なら、向こうの旧講堂で〝お楽しみ中〟だ」

「お楽しみ中……？」

「ふんっ……」

にやけた笑いを一瞬浮かべて、男は聞いた。

「お兄ちゃん、あいつの友だちか？」

「はい……」

男は一転まじめな顔になって圭介に言う。

「だったらちゃんと忠告してやってくんないか？　あいつはな、踏み込んじゃいけない別世界に足を踏み入れてる」

男は、この頃、蒼が目の見えない生徒に入れ揚げていることに感づいていた。

そして、それはとても危険なことだと考えているのだ。

「踏み込んじゃいけない世界って？」

圭介が聞いた。

「その世界はな、魔法でつくられた夢の世界だけどなぁ、夢はしょせん、夢だってな。伝えてやれ」

そう言うと、後ろを向いて作業に戻った。

「………？」

男の言うことは、圭介にはまったく理解不能だった。

お楽しみ中？

踏み込んじゃいけない別世界？

なんのことだ？

圭介はスクーターにまたがって少しのあいだ考えてから、奥の旧講堂といわれる場所に向かった。

教えられた一角に近づくと、見覚えのある車が目に留まった。

黒の新型ポルシェ。

アツシが騒いでいたホイールにも見覚えがあった。

……いつか会った偉そうな男の車と一緒だ。

しかしそんな偶然があるわけはない。

圭介が車の周囲を見回すと、その偶然が一致した。

あの男に違いない。

高そうな服で着飾って、嫌みな顔をした男だ。

そして別の男が現れ、その男の前に立った……。

「……蒼？」

圭介は目を疑った。

蒼が立っていた。

さらに見ていると、蒼がポケットから何か取りだした。

現金。

しかも見た感じ数万円もの大金だ。

男は金を受け取ると、ポルシェに乗り込み、蒼は、奥の古そうな建物に向かって歩き去っていった。

強請《ゆす》られてる？　アイツに？

女……で？

作業着の男が言っていた、踏み込んじゃいけない別世界と関係があるのか？

圭介は頭を回転させた。

ポルシェがゆっくり走りだしたのを見て、圭介はスクーターで後を追った。街を走り抜けると車は、繁華街から少し外れた場所にある雑居ビルの横に止まった。そして車から降りてきた男は、雑居ビルの裏口に回って……消えた。

確かめに行くと、進入禁止のチェーンがかかった裏階段があった。

「この階段か……？」

男の後を追って階段を上り、踊り場まで来たところで背後から声をかけられた。

「おい、ここいらに来るなって言ったよな」

振り返った圭介の目の前に、見知った顔があった。

この界隈で顔を合わせると、毎回必ず同じセリフを吐く黒縁メガネの男、横道だ。

ポルシェの男が上った裏階段を、こいつが上ってきたのは偶然なのか？

圭介は考え、混乱した。

「お前こそここで何やってんだよ」

圭介が言う。

「てめえに関係あんのか？」

「聞いてるだけだろ」

「やんのか？」

面倒は避けたいが、蒼が絡んでいてはそうもいかない。

蒼になにかあったら、俺が体を張って助ける。蒼ほどじゃないが、昔は自分だって喧嘩には自信があった。

「ああ、やってやってもいいぜ」

圭介は横道に正面から向き直り、メガネの奥にある男の眼をまっすぐに見つめた。

＊　＊

毎週土曜日、旧講堂で過ごすこの時間は美夏にとってかけがえのないひとときになっていた。

祖母を思い出す懐かしいピアノ。

その響きに浸る安らぎの時間だった。確かに初めはそれだけが目当てだった。しかし今は安らぎに、ときめきが加わっていた。

あおいさんに、わたしはずっと助けられている……。
旧講堂の鍵を開けておいてくれるあおいさん、
迷ったとき、倒れたとき、いつもそばにいてくれるあおいさん、
それに今では、毎週土曜日に美しい響きを聴かせてくれるあおいさん……。
土曜日はわたしにとって大事な日。
そして今日の土曜日がきっと、特別な日になる……。

この日美夏は、いつもの午前中ではなく、午後の時間に旧講堂の鍵を開けてくれるよう蒼に頼んであった。

頼み事はもう一つあった。

演奏を終えてから、家まで送ってくれないかと。

川沿いの道を、いま、あおいさんと歩いている。

左手で彼の肩につかまり、ステッキを預けて……。

あおいさんには安心して頼ることができる。

そう考えている自分に、自分自身が驚いていた。

だれにも頼らず生きなければいけない、ついこのあいだまでそう思っていたのに……。

ゆっくり進んでいた蒼が一瞬立ち止まり、左の方角に美夏をうながして再び立ち止まった。

どうしたんだろう?

何かあったのかたずねようとしたとたん、甘い香りが鼻孔をくすぐった。

「いい香り。百合《ゆり》……の花?」

蒼は美夏の手の甲を「トン」と一回叩いた。

蒼は風の流れに敏感であった。

しばらくそのまま歩いていると、「クゥン」と小さく鳴く声が聞こえてきた。

「犬?」

とたずねると、手の甲に「YES」のサインが返ってくる。

「まだ仔犬《こいぬ》ね」

再び「YES」。

蒼が美夏の背中をそっと押してしゃがませてくれた。

鳴き声のほうにゆっくり手を伸ばすと、仔犬の顔が触れる。

飼い主は横で優しく見守っている。

美夏はそのまま仔犬の頭に手を動かし、やさしくなでた。

小さな生き物の温《ぬく》もりが、美夏の心に沁《し》み込んでくる。

少しの時間を仔犬と過ごし別れると、美夏と蒼は道を斜めに逸《そ》れて、緩い坂道を下っていった。

水の流れる音が聞こえる。

多分ここは、川沿いにある緑地。通学の途中幾度となく見たけれど、実際に降りて来たのは初めてだった。

蒼に肩を支えられて、ベンチに腰を下ろすと、ゆるやかな風が、ワンピースの袖を揺らして過ぎていく。

こんなにほっとするひとときは、大学に入ってから一度もなかった……。

「いつもありがとう」

ずっと言いたくて、でもなかなか言い出せなかった言葉が、今日は素直に口から出てきた。

美夏は左手を蒼の背中から肩に回し、その手を徐々に下へとすべらせて、蒼の右手を探り当てた。

片手で握った蒼の手にもう片方の手も添えて……美夏は両手で蒼の右手を包み込んだ。

「わたしにとって、あなたの手は神の手。いつもこの手が助けてくれた」

蒼からは何の反応もない。

「YES」も「NO」も、美夏の手に反応は返ってこない。

せめて包んだ手の平を包み返してほしかった。

美夏は少し悲しい顔を見せる。

彼は今、なにを考えているのだろう……。

＊　＊

美夏と並んで歩きながら、蒼は満ち足りた気分に浸っていた。

「わたしにとって、あなたの手は神の手」

美夏はそう言っていた。

想いを寄せる人から、頼りにされている……。

ずっと閉ざしていた心に、細い光が差してきたように感じた。

だが、光が差したのはほんの一瞬だった。

みかさんはなにも知らない。

俺の手は、神の手なんかじゃない。

俺の手は……薄汚い。


それは八年前、蒼が高校三年生のときに起きた。

当時、蒼と圭介は地元の半グレグループのメンバーで、縄張りが重なる他のグループとしょっちゅういざこざを起こしていた。

どちらのグループも中心メンバーは十代の少年たちだったため、学校帰りを待ち伏せしての襲撃も頻繁に起きていた。

あの日も、蒼と圭介たちは学校帰りに敵対するグループの奇襲を受けた。

初めこそ、互いのグループのメンバー同士がタイマンで殴り合っていただけで、当時のこの界隈では、たいして珍しくもない光景だった。蒼はパンチや蹴りをくり出すごとに、ボルテージが上がっていった。

この頃の蒼は、怒りが原動力となっていた。

どうなってもよかった。めちゃくちゃに暴れているときだけが気持ちが安らいだのだ。

腕力には自信があった。殴って殴って、拳が血にまみれてようやく自分の存在を確認できていた。

ふと圭介を見やった。

様子がおかしい。左手を押さえて、前かがみになっている……。

圭介の前では、相手グループの中でも血の気が多い男が、腰でナイフを構えていた。

「やってやる……やってやるよ！」

男は興奮していた。いや、自ら興奮させようとしていた。

「圭介！」

蒼が叫んでも、圭介は手の平を押さえたまま、すくんで動けない。

男が圭介に詰め寄り、渾身《こんしん》の力を込めてナイフを突き出した瞬間、突進した蒼が圭介を横に突き飛ばした。

ナイフは、蒼の首を斬り裂き、その刃先が喉元深く刺さった。

手でナイフの柄を押さえながら、蒼は膝から地面に崩れ落ちていく……。

「やった……やった……やったぞー！　俺ひとりやってやったよ！」

男は上ずった声で雄叫《おたけ》びを上げた。錯乱していた。

「俺がナンバーワンだよ、バカ野郎！」

ナイフは蒼の喉の骨で止まっていた。喉の骨は異常に硬く、粉砕されない限りは刃先がその奥に到達しない。

信じられないことに、蒼は自ら抜きとると、右手に握ってゆっくり立ち上がった。

全身に力が膨れ上がるのを感じた。

喉元から血を流しながら、蒼は男に向かって行く。

そして、ナイフを前に突き出した。

仰向けに倒れた男の腹部には、ナイフが深々と刺さっていた。

蒼は血だらけの両手を見つめ、ただ呆然《ぼうぜん》と立ち尽くしていた……。

ひとりぼっちになってからずっと溜め込んでいた怒りが一気に放出された。残ったのは心のない体だけだった。


あの日から四年間、蒼は少年刑務所で過ごした。

声は封印した。

出さないのか、傷のせいで出せないのか、もはや分からなかった。

そのうちどうでもよくなった。

出所し、声を出さないまま暮らして、さらに四年。

しゃべらなくても生活にはさして支障もないが、今もときおり体中に怒りが沸き上がり、暴力的な衝動を抑えられなくなる。

格闘技の道場に通っているのも、自分の中で生きつづけている「怒り」を発散させるためだった。

しかし、格闘技の道場でいくら力を発散してみても、人が理不尽な目にあっているのを見ると、とっさに体が動いてしまう。

俺から暴力的な怒りが消えることはないのか。

この手から血が消えることはないのだろうか……。

隣に座っている美夏が心配そうに蒼を見つめている。

「あおいさん……どうしたの？　大丈夫？」

その言葉で、ふと我に返り、美夏の手をやさしく「トン」と叩く。

大丈夫……。

そう伝えながら、蒼はまたじっと、自分の両手を見つめてしまう。

俺はみかさんが考えているような人間じゃない。

人殺しなのだ。

この手は人を殺した手なのだ。

七月も半分ほどが過ぎ、日差しは日ごとに強くなっていた。

今年は雨が少ない。

蒼に熱を帯びた大学の歩道に水撒《ま》きをするという仕事が加わった。

月曜日の午後。

水撒きを終え、蒼は校舎に入って行った。

掃除道具をドアの前に置いて、アンサンブル室に入った。先週の土曜日、ピアノ代行の礼金を悠真に渡せず、ここで手渡す約束になったのだ。

悠真はまだ来ていない。

ここにもピアノがある。

以前は、掃除をするために音楽室に入ってもピアノを気にすることはなかった。しかし今では様々な感情を持つようになった。それは蒼自身にとっても驚くべき発見だった。

蒼はピアノの前に座って蓋を開け、作業ズボンで指を拭いてから、一音一音確かめるように音を鳴らしてみた。

♪ソ、ド、……。

さらに鍵盤を押す。

ドキドキするが、その音色が風を運んでくることを知る。

密閉された部屋で風が吹くことなんてありえないのに、風を受けているときのような心地よさを感じるのだ。

「……お前も弾きたいのか？」

その声に驚いて、蒼は立ち上がった。

悠真が、ドアの前にいた。

「黒くて不気味だろう……生まれたときからいつもこいつがいて、なんのために弾くかなんて考えもしなかった」

そう言いながら、悠真はピアノの前まで来た。

「………………」

生まれたときからピアノがある暮らしなど、蒼には想像もつかない。

幼い頃の蒼のアパートはガランとしていて何もなかった。

蒼が約束の金を渡すと、悠真は意外なことを聞いてきた。

「なんでだ。なんであの子にそこまでする？」

悠真は真剣な眼差《まなざ》しでまっすぐに蒼の眼をのぞき、二人はしばし見つめ合った。

蒼はスマホを取りだして文字を打ち込み、器械の音声で答える。

〈ユメヲ　カナエテホシイ〉

「夢？」

そう聞いた悠真に、蒼はこう答えた。

〈オレニハ　ナイカラ〉

ピアノ、一日でも休みたくないの。夢を叶えたいの。

かつて美夏が言っていた言葉を忘れたことはない。あの時、美夏の夢は自分の夢となったのだ。

悠真はしばらく黙って何か考えているようだったが、次に口を開いたときは口調が明るくなっていた。

こんな表情は見たことがなかった。

「ドライブでも行かないか？」

蒼は両手でハンドルを動かす仕草で聞き返す。

ドライブ……？

「そう、車でさ。たまにはいいだろ？　あの子も誘ってさ」

蒼が答えずにいると、悠真は蒼の不安を察したようだった。

「大丈夫だって。お前の代理でピアノ弾いてるなんて、バラさないからさ。俺も、まだ金が必要だしな」

まだ、蒼は決心できない。

「気分転換だよ。お前だって気分転換したいだろ？　俺のことは、友だち、とでも言っておけばいい。あの子も、自然の中の空気を吸えば気分転換になるし」

確かに美夏は目が見えなくなってからは、移動範囲が狭い。

大自然は悪くないかも……。

蒼は、首を縦に振った。


大学の夏休みが近づく日曜日、蒼は車の後部座席に座っていた。

運転席には悠真。

そして蒼の隣には、美夏が座っている。

横浜を出発してから二時間半、車は夏の日差しが降り注ぐ林道を抜けて行き、やがて、美夏が座っている左手の視界が広がった。

遠くに湖、その後ろに富士山《ふじさん》が見える。

広大な風景だった。

蒼は、彼女に覆いかぶさるように左の窓へ手を伸ばして車の窓を開け放った。

湖を渡ってきた風が、車内へと流れ込んだ。

急に体を近づけて、驚かせてしまったかもしれない……。

少し心配になって美夏の表情をうかがうと、頬に当たる風を気持ちよさそうに受け止めている。

　蒼の口元が自然とゆるむ。

　ドライブの目的地は、悠真に任せてあった。

　蒼は車に乗っているときもどこへ向かっているのか知らなかったし、美夏もなにも聞かなかった。

　ドライブの誘いは、手の甲に書いて伝えた。

　日曜日に友人の車で行く、ことだけを記したが、美夏はすぐに「うん」と返事をした。

　そのときのうれしさを、蒼はいまもう一度、車の中でかみしめていた。

　悠真が車を停《と》めたのは、山中《やまなか》湖畔《こはん》のパーキングエリアだった。

　悠真が観光地図を取りに行っているあいだ、蒼は美夏と一緒に目の前の栈橋まで歩き、そこに座った。

　湖の上で栈橋は静かに揺れていた。

　言葉もなく、
　見つめ合うこともなく、
　静かに揺れていた。

　二人並んで座っているだけで、蒼の心は満たされ、美夏もまた同じだった。

「あっちだよ」

後ろで悠真の声がした。

地図を手にしている。目当ては森の中のカフェで、コーヒーがおいしいと評判の店だ。

蒼は立ち上がり、微妙な距離感で美夏の左に位置をとる。

すると美夏はすぐ、蒼の腕をつかんだ。

二人は一緒に歩くことに、だいぶ慣れてきていた。

しばらくその様子を見ていた悠真が、二人を案内するように、少し前を歩いていく。

悠久の大自然の空気に触れながら、美夏がハミングを始めた。

ゆったりとしたそのメロディーに、蒼は聴きほれていた。

「素敵な曲ですね」

ハミングが終わると、悠真が言った。

「えっ？」

「今の、鼻歌……もしかして、自作の曲ですか？」

「……そんな、大げさなものじゃないです」

音楽の話は、蒼にはわからなかった。

ピアノに長年触れているみかさんとゆうまには、きっと共通の話題がたくさんあることだろう……。

羨ましいな。

やがて蒼たち三人は湖畔からつづく細い道へと入り、森の奥へと進んで行った。

「この先の森の中に、カフェがあるみたいです」

歩きながら、悠真が言う。

木々の合間を縫って風が吹いて、美夏が立ち止まった。

髪の毛が風になびく。

美夏は瞳を軽く閉じ、澄んだ空気を胸いっぱい吸い込み始めた。

蒼は悠真と目配せして、美夏から少し離れたところでその様子を見つめていた。

「沢田、お前もピアノ弾けば」

蒼が不思議そうに見る。悠真らしくない言葉だった。

「教えてやるよ」

悠真が小声で言うと、蒼は返事の代わりに少し笑った。

少し前から蒼は悠真に心を開きはじめた自分に気づいてはいた。今ではそれなりに悪い人じゃないと思っていた。

三人が再び森の奥へと歩きだしたところで、空が急激に変化した。

つい先ほどまで夏の光を放っていた太陽は、俄《にわ》かに黒い雲に覆われ、大粒の雨が落ちて来た。湖とはいえ山の天気だ。茂った葉に当たる雨音が、次第に大きくなっていく。

蒼たちは森の道を急いで進んだ。

「あった！」

悠真が声をあげる。

目の前に、ログハウス風の建物が見えた。

入り口まで行くと、店のドアは閉ざされ、入り口に立てかけられた小型のボードにメッセージが書かれている。

『裏手に住んでます。御用の方は電話ください』

悠真がメッセージの文字を読み上げる。

そこには、自宅の住所と電話番号、それに店から家までの簡単な地図が記されていた。

悠真はすぐに電話をかけた。

「……電話出ないな……ほか、探すか……」

すると蒼が貼り紙をスマホで写し、悠真にステッキを預けると「俺、行ってくる。待ってて」と、ジェスチャーで訴えた。

「えっ？　おい……」

悠真がなにか言いかけたが、蒼は雨に向かって走りだしていた。

美夏は二人の会話を聞きながら状況を理解した。

庇《ひさし》に守られたカフェの入り口にも、雨は吹き込んで来る。

＊　＊

あおいさん、雨の中をオーナーの家まで行ったようだけれど……。

あおいさんの友だち……確か、きたむらゆうまさん……。

大丈夫かな……。

「困ったなあ」と言いながら歩いてくる。

間が持たないよ。

あおいさん、早く帰って来て……。

近くでガチャという音とともに、

「なんだ開いてるじゃん」

そして数歩中に入る足音が聞こえた。

つづいて、「不用心だなあ、でもよかった」という声。

「中で待ちましょうか」

そう言いながら悠真が美夏を先導した。

＊　　＊

カフェのオーナーの家は、ログハウス風の店よりさらに森へ入ったところにあった。

蒼はびしょ濡《ぬ》れになりながらたどり着き、玄関の扉を激しく叩いた。

「はい、はい、ただいま」

室内から声がした。

よかった。蒼は安堵した。

＊　　＊

美夏は悠真とともに、カフェの中へ足を踏み入れた。

「大丈夫かな、あおいさん……」

「大丈夫でしょう。地図が書いてあったけど、わりと近そうだったし……」

悠真は気楽な口調で答える。

間を埋める意味もあって美夏は以前から気になっていたことを、悠真にたずねてみることにした。

「あの……」

「はい？」

「きたむらさんは、あおいさんと、話をしたことあるんですか？」

「声がだせないのか、だしたくないのかわかんないけど……俺とはいつもスマホのアプリですね」

「そう……」

またすぐに会話が途切れる。

そもそも男性と会話するのは苦手だった。

蒼とだけが落ち着いて話すことができる。

「雨、止まないかな……」

まだ戻らない蒼が気にかかった。

＊　＊

返事をしてからもう何分も経《た》つのに、店のオーナーはまだ家から出てこない。

そのあいだにも、雨脚は強まっていった。

早く店を開けて、みかさんを中に入れてあげたい。

ようやく家の扉が開き、オーナーが出てきた。

蒼はスマホで撮ったボードの写真を見せる。

「ん？　ああ、お客さんか？　雨かぁ……わかった、今行くから、待ってて」

オーナーはそう言い残して、また家に入ってしまった。

蒼はまたじりじりと待つことになる。

いまは雨だけでなく、二人きりにしたことも気になり始めていた。

アイツ、よけいなことをみかさんに話していないだろうな……。

＊　＊

ログハウス風の店の中では、美夏が蒼の帰りを待ちわびていた。

「ピアノがありますよ」

奥から悠真の声がする。

勝手にどんどん店の奥に入ったようだ。

「ピアノ？」

「そう、こっち」

手を引かれて、美夏は店の奥に進む。

「けっこう、古そうだな」

鍵盤の蓋を開ける音がして、調律を確かめるように、いくつか音が鳴った。

そのあとに響いたメロディー。

美夏はそれを聴いて、わずかに顔をあげた。

ここへ来る前、歩いているときに頭に浮かび、無意識のうちにハミングしていたあのメロディー。

「それは……」

「さっきの美夏さんの鼻歌……こうだったたっけな……?」

美夏は、悠真が軽くアレンジを加えながら弾く音を黙って聴いていたが、途中で感づいた。

うすうすは分かっていた……。

しかし今確信した。

「やっぱり、そうだったのね」

「え?」

ピアノの音が止まる。

「あなたですよね、旧講堂でいつもピアノを弾いてくれるの」

「……気づいてたのか」

「最初からなんとなく」

美夏はそう言ったあと、言い足した。

「あおいさんには、言わないで。わたしが気づいているのを知ったら、傷つくから」

悠真の顔がみるみる変化した。

「君はあいつがどんなやつか知ってるのか？　あいつは、ピアノ科の学生なんかじゃないんだぞ」

語気が荒い。

美夏は毅然と答える。

「どんな人でも関係ないわ。だって彼は、神の手を持つ人だから……」

美夏の脳裏に、屋上での出来事が蘇《よみがえ》った。

屋上から飛び降りようとしていた美夏を救ってくれた、あの力強い手。

「ある日、突然現れた。そして、あの手でわたしを助けてくれたの」

つづいて美夏の頭に浮かんできたのは、「トン」と蒼に軽く触れられる手の甲の感触と、ガムランボールの音色……。あの優しい音でいつも誘導してくれた。

「わたしは、彼の手に助けられたんです。何度も、何度も……だから彼の手は、わたしにとって神の手なの」

美夏の耳に「フッ……」と、鼻で笑う声が聞こえた。

もしわたしが屋上でガムランボールを落とさなければ、もしあおいさんがそれを拾わなかったら、きっとわたしたちは名乗り合うこともなかった。

自分が持っていたときは少しうるさく感じたガムランボールは、あおいさんの手に振られて、光のさす方へ導いてくれた。

「彼に、救われたんです。何度も、何度も」

もう一度、言う。

悠真は沈黙をつづけていた。

ピアノ演奏を聴いた最初の日から、足音が違う、と感じていた……。

初めて蒼さんの手を両手で包み込んだときは、その逞《たくま》しさに驚いた。

この手は働く人の手……ピアノを弾く手ではない。

土曜日に旧講堂でピアノを弾いてくれるのは、蒼さんではないかもしれない。

心の中で、ずっとそう思っていたけれど、やはり間違っていなかった。

でも、そんなことは重要ではなかった。

ピアノを弾かなくたって、あおいさんの手はわたしにとって神の手。

むしろはっきりしてよかった。

わたしはあおいさんを、愛している。

そう確信して、美夏は微笑んだ。

＊　＊

蒼はオーナーを急かしながら店に戻って来た。

「山はね、天気が変わりやすいの。すぐ止むと思うよ」

オーナーはカフェの正面扉の鍵を開けてくれ、

「ちょっと準備してくるから、中で待ってて」

そう言ってまた準備のため裏へ行ってしまった。

美夏と悠真は、入り口にはいなかった。

どこに行ったんだろう？

＊　＊

悠真は感じたことのない感情を抱えていた。

今までこんな切ない気持ちを経験したことなんてなかった。

ピアノ漬けの人生。
数多くの恋人がいたが、本気で愛したことなどない。
しかし、今、目の前にいる彼女は違う。
いつからこんな気持ちを抱くようになったのか分からなかった。
連弾からか？
蒼への気持ちを今聞いて動揺していた。
嫌だ、
君を、
失いたくない。

*　　*

美夏は蒼のことを考えていた。

悠真と二人で話したことがきっかけで、自分の気持ちがはっきりわかった。

いつの間にか、蒼さんがかけがえのない人になっていた。

「あおいさん、まだかな……」

そう呟いたとき、美夏は肩を抱かれ、

唇を塞がれた。

きたむらさん!?

やっとの思いで悠真の体を押しやったとき、足音がした。

＊　＊

二人を探して奥のスペースまでやってきた蒼の目に飛び込んできたのは、あまりにも残酷な光景だった。

みかさんとゆうまが……。

一瞬立ちすくんだ蒼は、出口へと向きを変える。

そこから先は、ただ走った。心の中は、空白であった。すべての感情が停止してしまった。

＊　＊

「あおいさん!?」

走り去る足音に気づいた美夏は、蒼を追って行こうとする。

「行くな！」

悠真に腕を取られたが、必死にそれを振り払った。

「あおいさん！」

ステッキをつきながら出口までやってきた美夏は、ありったけの声で呼んだ。

「あおいさん！　ねえ、あおいさん、待って！」

＊　＊

店から出て来た蒼は、無意識にガムランボールを引きちぎり、地面に投げ捨てた。

背後から美夏の呼ぶ声が聞こえ、蒼はさらに足を速める。

その声を聞くのが辛かった……。

＊　　＊

蒼の足音がしだいに遠ざかってゆく。

「待って！　お願い、あおいさん、待って……」

美夏は階段を下りて蒼を追って行こうとするが、途中でつまずき、転んでしまう。

「あおいさん……」

蒼の足音は、もう聞こえてこない。

美夏はぬかるみに座り込んで、泣き崩れた。

悠真の手が肩に置かれるのを感じたが、それを振り払って、なおも蒼を呼びつづけた。

＊　　＊

走っているうちに意識が心の空白に侵食を始めた。

できる限り、みかさんとゆうまから遠ざかりたい。

遠くに離れて、今見た光景を記憶から消してしまいたい……。

大粒の雨が眼に入り、涙と混じりあって流れていく。
息のつづく限りやみくもに走るうち、森を抜けて林道へとでた。
ようやく走るのをやめると、林道のセンターライン上を歩いていた。
突然嗚咽《おえつ》がこみ上げてきた。
このとき蒼は、自分が今まで無意識下でずっと泣きつづけていたことに気づいた。
空が破れてしまったかのように、雨は一向にやまない。
涙もまた、一向に止まらない。
体中の水分が、このまますべて涙となって流れてしまうような気がした。
嗚咽がまたこみ上げる。
もう美夏の呼ぶ声も、雨の音も蒼の耳には聞こえない。
体から力が抜けていく。
林道のセンターラインに膝をつき、暗い空を見上げる。
そのとき、蒼の口が動いた。
体の奥深くから湧きあがった自分の叫びが森に放たれた。
これは「声」というものなのだろうが、それは蒼自身にもわからなかった。

新しい週が始まり、蒼に日常が戻ってきた。

ゴミの収集、トイレの清掃……校務の作業の内容も手順も変わりない。

蒼はいつものように、カップ麺の食べかすが詰まった洗面台をきれいにしていた。洗面台の壁にはカップ麺の残りを捨てないよう注意書きが貼ってあるが、今日も麺がたくさん捨てられている。

いつものことだ。

一日が始まり、やがて終わってゆく。

そうだ、以前のように淡々と時間をつぶして行けばいいんだ。

そう強く念じながら仕事をするが、なにかが以前と決定的に変わってしまっていた。

先週まであれほど楽しみだった土曜日も、いまはただ不安な日、でしかない。

みかさんには、俺よりゆうまのほうがふさわしい……。

そもそも、俺は何を期待していたんだ。

「おい、先戻るぞ」

近くで作業をしていた柞田が先にあがる。

これもいつものことだ。

美夏はマンションで、大学に向かう身支度を整えていた。

蒼と同じように、日常のなにかが変わってしまった。

土曜日になったら、あおいさんにちゃんと説明しよう。

きっとわかってもらえる。

そう思いながら、土曜日まで会えないことへの不安が増大する。

月曜日、火曜日は会えなかった。

今日あたり、どこかで会えればいいのに……。

美夏がマンションから出て大学へ向かおうと歩道に出た瞬間、突然ガムランボールの音が聞こえた。

「あおいさん？」

笑顔が溢れ出た。

音のする方へ歩き、話しかける。

「よかった、会えて……。この前のあれ、違うから……だから、誤解しないで。あなただけには誤解されたくない」

一気に言った美夏は前に進んで手を伸ばし、目の前にいる人の左肩に触れる。

その手を徐々に下ろして手を握った。

美夏の手に重ねられた相手の手……。

「……きたむらさん？」

「このあいだは、すまなかった。何度謝っても許されることじゃないことは分かっている」

返答に困っていると、

「俺、君を想《おも》う気持ちをコントロールできなくなっていたんだ……」

「もういいんです。だから、もうわたしに会いに来ないでください」

そう言ってその場を立ち去ろうとした瞬間、
大きなエンジン音が近づき、車が急停車する音が聞こえた。

つづいて人がドタバタと降りてくる足音。

なんだろう……。

と思った瞬間、美夏の体が何者かに羽交い締めにされ、無理やり引きずられて行く。

「……放して……！」

美夏はどこかへ押し込まれた。

「何するんだ！」

悠真の声が聞こえた。

洗面所の清掃作業を片づけ、蒼が校務員の詰め所に戻ってくると、柞田がやってきて投げやりに言った。

「おう、やめようと思ってよ、ここ」

柞田は校務の内容や待遇についてよく愚痴をこぼしているが、「やめる」と聞いたのはこれが初めてだった。

「いつもは透明人間みたいに無視してるくせに、悪いことが起きると俺のことばかり見やがってよ」

柞田の言う「悪いこと」がなにか、蒼にも想像がついた。さっき、洗面所の前辺りがざわついていて、相原のほかに、総務の連中や警備員までいた。校務員の話によると、盗撮騒ぎがあったようだった。

おそらく柞田がまっ先に疑われたようだ。

「くだらねぇよ、ほんとに。お前も、早く抜けたほうがいいぞ」

抜ける、という言葉が蒼の胸に刺さった。

自分も、ここにいない方がいい人間かもしれない……。

柞田は荷物をまとめ、スポーツバッグを持って、去ろうとしている。

本当にこのままやめるつもりなんだ……。

行きかけた柞田は、こう言い残した。

「お前は若いんだからよ、前に進めよ」

蒼はなにも言えず、柞田が出て行くのを見ていた。

さようなら。

見送り、蒼も帰り支度を始める。

柞田が言ったことを思い返す。

「いつもは透明人間みたいに無視してるくせに、悪いことが起きると俺のことばかり見やがってよ」

蒼にも覚えがあった。校内ですれ違う学生からも教員からも、まるでそこにいないかのように扱われていた。


「蒼！」

圭介がスクーターに乗ってやってきた。

よく校門をすり抜けられたなと思ったが、今はそれ以上考える気力もなかった。

「蒼、久々にさ、ボウリングでも行こうぜ」

圭介の顔が高揚していた。暗い表情の蒼を見て、夜の仕事が残っているからだと考えたようだ。

「仕事なら大丈夫だよ。俺から弥生んとこのオヤジに断っといたから。もう無理して稼ぐ必要ねえよ」

蒼は圭介が何を言っているのか最初は理解できなかった。

「お前、強請られてたんだろ？　そんで金が必要だったんだよな？」

蒼は驚き、とっさに首を横に振って否定する。


違う……違うんだ。

「いや、いいよ、いいよ。わかってるって……」

わかってる？　何をだ？　何を言ってるんだ。

「……俺さ、見たんだよ。お前が金を渡してんの。で、俺がちゃんと手を打ったから、安心しろよ」

違う！　圭介、なにを誤解してるんだ……。手を打ったって、なにをした!?

蒼の心は徐々にかき乱されていった。

「だからボウリング行って気分変えようぜ」

待て圭介。

「いや、大丈夫だって。俺が直接やるわけじゃねーから。あいつ、ハマってる裏カジノでだいぶ態度でかかったみたいでさ……。

ほら、横道いるじゃん。あいつ、裏カジノで働いてたらしくて、ポルシェ野郎にヤキ入れてくれって頼んだら、喜んで引きうけてくれて。まあ少し、金かかったけどな」

ヤキ入れるって……。

「今頃あいつ、サカイオートでやられてんじゃねーか」

圭介、なんでそんなことしたんだ！

なに勘違いしてんだよ！


思わず蒼は圭介の胸倉をつかんだ。

圭介は驚きの表情で蒼を見つめ、

「なんだよ……なんで怒ってんだよ」

蒼は頭を横に振って全身で圭介に抗議する。

すると蒼は圭介が乗って来たスクーターを奪い乗り込んだ。

「蒼？」

泣きそうな圭介が声をかけるが、蒼は構わずスクーターを走らせた。

「蒼！」

圭介の引き止める声が聞こえたが、さらにスロットルをまわした。

＊　　＊

柞田は、校門の手前で足止めをくらっていた。

柞田の前に男女三名の警察官が立ちはだかっていて、横には相原をはじめ大学の職員たちもいる。

どうやら盗撮騒ぎの通報で呼ばれた警官たちのようだ。

「いつまでかかんだよ、これ！」

柞田はイラ立ち気味に抗議する。

どうやら大学の連中に疑われているようだ。

とくに相原は確信しているかのように柞田の名をあげていた。

「もう少しお待ちください」

女性警官が答える。

「もう少しって、どれくらいなの」

「いまちょっと確認しているので」

「確認って、なにを確認するの？　ちゃんと身分証明書も提示しただろ」

「今照会してるんですよ、ちょっと情報を……」

今日をもって辞めるという行為が怪しまれたようだ。

柞田の仕事仲間である蒼の履歴書まで持ち出されて確認作業が行われていた。

「あの子気味が悪いなって思ってたのよ」

職員たちはここぞとばかりに好き勝手なことを言い出した。

警察官が無線で蒼の身元の照会をする。

タイミング悪く、まさにそのときスクーターに乗った蒼がやってきた。

「あの子です、あの子！」

相原が蒼を指さす。

「ちょっと待った！」

警官が両手を広げて蒼の進路を塞いだ。

スクーターは急停止した。

「沢田蒼さん？　サワダ、アオイさん？」

「あちらの柞田さんについて、ちょっと聞きたいことあるんだけど」

「なんだよ、俺なんか疑われてるのかよ！」

と柞田も暴れ始めた。

「とりあえず、バイク降りて」

「そいつは関係ないだろ！　行かせてやれよ！」

蒼はすぐにでも発車したい。早くしなければ、悠真が危ない。

蒼は抵抗して、スロットルをまわす。

走り出そうとするスクーターを、警察官二人がかりで制止する。

「ちょっと待って。待てよ！　なんで逃げるの！　彼と一緒になにか言えないこと、やってたんじゃないのか！」

警官が蒼に強く質問する。

「俺と一緒に何かやってるだあ？　俺たちが何をしたってんだよ！」

沢田のそばにいる警察官に無線連絡が入った。

照会の結果が出たようだ。

〈沢田蒼、殺人の歴《レキ》あり〉

警察官たちの表情が一変した。無線の声は杵田のいる場所まで届かなかったが、無線を聞いた警察官が蒼に言った言葉は聞こえた。

「警察にやっかいになったことあるな。身分証ある？」

野次馬たちがざわつき始めた。

「警察の厄介ですって。怖いわ。そんな子がずっと働いてたなんて」

それを聞いたとたん、杵田が動きだしていた。

「コソコソうるせえんだよお前ら！」

そして蒼を制止していた警察官につかみかかった。

「何をするんだ！　やめなさい！」

柞田はすぐさま押さえられたが、警察官たちにスキが生まれた。

蒼はエンジンをかけ、急発進して、猛スピードで走り去った。

「逃げろー、行け、行けー！」

警官に両腕をつかまれながら、柞田はなおも叫ぶ。

「行け行けー！　沢田、お前は自由なんだー！　どこまでも行っちまえーっ」

柞田の耳に、蒼のスクーターが遠ざかって行く音と、警官が無線で応援を要請している声が聞こえてきた。

蒼はサカイオートへとスクーターを走らせた。

今頃は緊急手配されていることだろう。しかし今後起こるであろういざこざなど、蒼の眼中にはない。

今はただただ、悠真が心配だった。

金を渡しているところを、圭介は目撃したらしい。それを「強請られている」と誤解したのだ……。

悠真が裏カジノでなにをしたのかは知らないが、みかさんに夢を叶えてもらうには、まだ彼が必要だ。

それにあいつ、根っから悪いやつじゃない……。

蒼の頭に、悠真の言葉が甦《よみがえ》ってきた。

「さわだ、お前もピアノ弾けば。教えてやるよ」

サカイオートは一時期急増したカー用品専門店だが、若者の車離れとともにつぶれてしまった。周辺に家もなく、工具類が置き去りになっている不気味な場所で、界隈の不良や半グレ集団の「リンチ場」として使われている。

早く悠真を助けなければ……。

蒼は一心にスロットルをまわした。

悠真にとって、それはあまりにも突然のことだった。

一瞬のうちに羽交い締めにされ、なんの抵抗もできないまま車に押し込まれ、目と口をガムテープでふさがれた。

しかし、いったい誰が……なぜ……？　標的は俺？　それとも美夏か？　身代金目当ての誘拐か!?　悠真にはまるで分からなかった。

車はたいしてスピードを出さず、たびたび止まったり、曲がったりしていた。県道や国道ではなく、町中の狭い道を走っているようだった。やがてエンジンが止まり、後ろから突き飛ばされながら歩いて、密閉されたような場所に入れられた。

突然、後ろから蹴り飛ばされ、倒れた状態で目と口からガムテープをはがされた。

不法投棄物が捨てられ山のようになっている倉庫であった。

ここで何をされるんだろうか……。

ふと美夏のほうを見ると、その横に打ち捨てられたマリア像が目に入った。そういえば両親はキリスト教徒で、幼い頃よく教会に連れて行かれたことを思い出した。

なぜそんなことを、こんなときに思い出すのか分からなかった。

悠真があたりを見回すと、男たちは六人おり、そのうちの一人を知っていた。

黒縁メガネをかけた、裏カジノの従業員だった。

「なんで、こんなことをする……」

聞くと、答えは顔面と腹へのパンチだった。その腕はみるからに鍛え上げられ筋肉が浮き上がっており、殴られた瞬間、息が止まり、その場に倒れ胃液を吐いた。

二人の男が悠真の両腕を取り起き上がらせた。黒縁メガネが悠真の顔と腹をサンドバッグ代わりにし始める。

顔が変形し始めた。

どこからか、美夏のすすり泣きが聞こえてきた。

美夏……すまない。


悠真は声をだそうとするが、血が口の中から喉に流れ込み、音にならない。

「いい匂いだな。お前らが使ってるシャンプーは、俺らのとは違う……。そうだろ？」

黒縁メガネの声が聞こえる。

美夏に顔を近づけて、その髪をくんくんと犬のように嗅いでいる。

美夏は恐怖で声すら出せない。

「……やめてくれ！　美夏さんに近づくな」

声になったのか、ならなかったのか悠真には分からなかった。

「聞いたよ」

黒縁メガネが、戻ってきた……。

「金持ちが貧乏人を強請《ゆす》って気分いいか？」

貧乏人を強請る……？

まさか沢田がこいつらに俺を襲わせた……いや、まさか……。

「お前、俺のこと貧乏人て言ったよな。お前が言う通り、たしかに俺は貧乏人でよ。ガキの頃には食器用の洗剤で頭洗ってたんだよ。いい匂いだったけどな」

黒縁メガネは悠真の頭の横にしゃがみ込んで言った。

悠真が体中の力を振り絞ると、かすれた声がでた。

「頼む……あの娘だけは放してくれ。なにも関係ないんだ……」

黒縁メガネは悠真の言葉を無視し、這《は》いつくばって悠真の腹から胸、頭の横まで順に顔を寄せててくんくんと匂いを嗅ぐ。

「クソッ、お前までいい匂いさせやがって」

ジャケットの襟をつかまれ、立たされた悠真は、引きずられて溜まっていた泥水に向かって押し倒された。

泥水が口から入り込んで息ができなくなる。

次に髪をつかまれて水の中に頭を押し付けられた。

「ほら、遠慮なく洗い流せよ」

黒縁メガネがさらに言う。

「綺麗な手、してんな」

右手がつかまれた。

「そういや、ピアノだっけ？　……弾くんだってな」
ピアノのことを持ち出され、悠真は考えた。
やはり、沢田がこいつらに頼んだのだろうか……。
確かにそれだけ恨まれるくらいのひどいことを沢田に対してやった……。
黒縁メガネが悠真から離れる。
金属が固いものにぶつかる音が、いくつか響いた。
「ここはカー用品専門店跡地でな、面白《おもし》れぇ道具がまだいっぱい残ってんだよ」
何をする気なんだ……？
恐怖で悠真の呼吸が荒くなる。
「おい、手を押さえろ！」
黒縁メガネの声と、「はい」と、それに応える声。
まさか……。
悠真は逃れたいが、体が動かない……。
右手を誰かにつかまれ、地面に固定された。
倒れている悠真の目の前に、細長い螺旋《らせん》状の金属が見せられる。
尖《とが》ったその先は、右手のすぐ上にかざされていた。
ドリル……!?

「その人を傷つけないで……！」

美夏が叫びながら、声のするほうへがむしゃらに向かってきた。

美夏なりに悠真を助けたいと体が動いたのだ。

「おとなしくしてろ！」

男によって美夏が倒された……。

その瞬間、ドリルが振りかざされた。

「やめろ――！」

次の瞬間、激痛が全身を貫いき、悲痛な叫びが上がる。

ドリルが右手の甲から手の平までを貫いていた。

「アアーッ……」

燃えるような激痛に悠真がうめいていると、黒縁メガネはうれしそうに笑って悠真の右手首をつかみ、

「これでもうピアノは弾けねえな」

笑っていた。

この男にとってこれくらいは暴力のうちに入っていなかった。子供の頃からこの世界で暴力を見つづけてきたのだ。その心は麻痺していた。

黒縁メガネはドリルをつかみ、少し左右に動かしてから強く引き抜いた。

皮膚が破れ、悠真は再び激痛に貫かれる。

「お願い……もう、やめて……」

忍び泣いている美夏の声だけが聞こえる……。

するとエンジンの音が近づいて来て、やがて止まった。

かろうじて首を動かして入り口を見ると、
蒼の姿があった。

「沢田……」

悠真の声に反応して、美夏の声も聞こえた。

「あおいさん……?」

＊　　＊

蒼がサカイオートの倉庫前にスクーターを止めたとき、中から音は聞こえてこなかった。

遅かったか……?　いや、でもだれか人がいる。

「沢田……」

倉庫に入ると、悠真の声が聞こえた。

不気味なほど静かで、どんな音でも響き渡ってきた。

そのあとから、

「あおいさん……？」

と、奥の方から聞こえてきた。


みかさんの声？

でもなぜ？

なんでここに、みかさんがいるんだ!?


蒼はさらに建物の中に歩を進めた。

薄暗い広大な倉庫に、天板の窓から月の光が差し込み、同時に生ぬるい風が入ってきていた。こんなにも風が気持ち悪いものに感じたのは初めてだった。

蒼の眼が最初にとらえたのは、半身を起こしている美夏だった。

その背後では男がその小さな体を押さえつけていた。

「あおいさん……？」

再び美夏が小さく問う。

美夏の手の甲を叩くこともできない。

蒼の中に今まで感じたことのない大きな怒りが押し寄せてきた。

倉庫にいる男たち六人、全員を睨むと……。

「なんだよ、その眼は。お前のためにやったんだぞ。俺たち、仲間だろ、貧乏人同士の」

蒼は声のした方に眼を移した。

いまはメガネを外しているが、蒼や圭介たちと会うたび威嚇してくるあの黒縁メガネ、横道だった。

なんで圭介はコイツに悠真の制裁を頼んだんだ？

よりによって、こんなヤツに……。

押し寄せてきていた怒りが、次に体内に充満するのを感じた。

「やれ」

横道が男たちに命令すると、倉庫にいた五人の男たちが、じわじわと蒼に近寄っていった。

蒼はまず、鉄パイプを握った男の顔面にパンチを食らわせた。ジムのスパーリングのときのように遠慮はしない。

全身全霊の力で殴りつけた。

相手の鼻は折れ、血を噴き出しながら気を失った。

二人目は回し蹴り二発、三人目はタックルで倒す。

全員、殺してやる。

ずっと封印してきた自分の負の暴力性を解き放った。

怒りで充満した蒼を誰も止めることはできない。格闘技を暴力目的でやっていたわけじゃないのに、蒼の全身の筋肉は今や相手を傷つけるために使われていた。

その後もパンチを繰り出し、首を絞め、投げ、腕をひしいで次々と片づけていく。相手がどうなるかなんて考えもしなかった。

やがて五人が全員、地面に転がっていた。

いっぽう、蒼も体力の限界をむかえていた。

みかさん……。

可哀想《かわいそう》に……。

ごめん、すべて俺のせいだ……。

蒼は、怯えていた美夏の方へフラフラと向かうが、そのとき顔面に予期しない強烈なパンチを食らう。
そのパンチは顎に入り、脳震盪《のうしんとう》を起こしてゆっくりと倒れこんだ。
「立てよ」
横道が蒼を立たせるが、五人を相手に戦った蒼には、もう力が残っていない。
すると突然、悠真が渾身の力で横道に突進した。
蒼は横道の手から逃れて、その場にへたり込んだ。
横道が怒り狂う。
「金持ち野郎が！　もう片方の手もえぐってやる！」
そして悠真の胸ぐらをつかんでドリルを持ち上げた……。
殺しかねない勢いだ。
やめろ……。
蒼が朦朧とした意識の中で、立とうと力をふりしぼったそのとき。
「やめてー!!」
美夏の声、そして足音が響き渡った。
数秒後……
静寂が戻ってきた。
ぽちゃり、ぽちゃりと、水の滴る音だけが聞こえる。

「きたむらさん……？　あおいさん……？」

不安げな美夏の声を、蒼は遠くで聞いた気がした……。

＊　＊

静かな気持ちで目覚めた。
ここは天国なのか？
自分はどうやらトンネルの中にいる。
真っ暗なトンネルだが、奥のほうが出口なのか光がかすかに差していた。
「北村さーん、北村悠真さーん」
どこかで、だれかが、俺を呼んでいる……。
美夏、だろうか……。
このトンネルを歩けば、出口に出られるんだろうか……。

＊　＊

なぜ今さらこんな記憶が蘇るのか分からなかった。

幼い頃、母に連れて行かれた場所がある。

そこへ行く途中に、母を見上げると、顔が太陽の光に遮られて見えなかったことを覚えている。

その場所は静かな建物で、そこに入ると、あの人はいた。

そして今また、あの人が目の前にいた。

サカイオートでの乱闘騒ぎから、五日が過ぎた。

蒼は今また、その倉庫にいる。

夜だと分からなかったが、昼間だと様々な不法投棄物が山積みになっているのが分かる。その山の上のほうに打ち捨てられたあの人、マリアの像を蒼は見つめていた。

あの人だれ?

かつて幼い蒼が指さして母に聞いた。

母は何も答えなかった。

そんなことを考えながら立っていた。両腕には手錠がかけられ、その手錠につけられた細いロープが腰の辺りに回されて、背後の警察官が手で握りしめている。

「沢田さん、どこで被害者殴ったの?」

男の刑事が聞いてきた。

蒼は振り向いて少し進み、一点を指さした。

だれかが「×」の書かれた標識を置くと、最初に質問した警官が言う。

「指さして」

言われるまま、蒼は×印を指さす。

横からカメラのシャッター音が響いた。

「殴った形、見せて」

質問のあとに、新聞紙で作られたパイプ状のものが渡された。

今度も蒼は素直に応じ、パイプを両手で頭上にかざした。

シャッター音が鳴る。

「どこ、殴ったの？」

次の質問には、被害者役が用意される。

蒼は目の前に立った男の頭の上に、パイプをそっとのせた。

「わかった」

質問していた警官は、「納得した」というように言ったが、女性警官が別の質問を蒼に投げかけた。

「被害者の北村さん、あなたの友人ですよね？　どうしてそんなことしたの？」

蒼は右手を波のように動かした。

書くものを貸して、の意味だ。

女性警官はすぐ理解してペンを蒼に手渡し、バインダーにはさまれた紙を目の前に差し出した。

蒼は、ごくシンプルな答えを書く。

『嫌いだった』

女性警官がそれを声にだして読み、さらに聞く。

「どうして？」

さきほど書いた文字の横に、蒼は文字を書き足した。

『あいつは全部持っていたから』

蒼が警官に伝えることは、もうなにもなかった。


三日前に体験した恐怖の時間を、美夏はとぎれとぎれにしか記憶していない。放心状態のまま病院へ連れて行かれたが、体にはなんの怪我も負っていなかった。

病院での検査のあと、警官を名乗る人に事情を聞かれたが、明確に答えられなかった。

きたむらさんと一緒に連れ去られて、だれかがきたむらさんを暴行して……。

それから……あおいさんが現れた……。

そこから先は……。

警察の人に聞かれるのは、あおいさんときたむらさんのことだけ……。

あおいさんは過去に重大な罪を犯していると聞いた。だからあおいさんは警察に信用されていないと。

美夏はあおいを庇おうとしたが、断片的な説明しかできず、警官はそれ以上詳しく聞こうとはしなかった。

事情聴取のあと、迎えに来た母とともに実家へ帰ったが、父も母も事件のことはまるでなかったかのように、一言も語らないし、なにも聞かない。

今でははっきりと記憶が戻っていた。

あの日、きたむらさんを……。

わたしがきたむらさんを……。

疑問は確信へと変わった。それをだれに確かめればいいのかもわからない。

あおいさんに会いたい……土曜日、旧講堂に行けば蒼さんに会える気がする。

母から、大学は次週から復帰するように諭されたが、事件から三日目の土曜日、美夏は旧講堂へと向かった。

ふだんは人気《ひとけ》のない旧講堂に、珍しく人が出入りする気配がある。

鍵も開いている。

中へ入ってピアノの前に行こうとすると、知らない声がした。

「ここは、学生立ち入り禁止ですよ」

かまわず進んで行くと……。

ピアノがない……あのグランドピアノはどこかへ運ばれてしまった……。


週が明けると、美夏にも少しずつ事件の状況が理解できるようになった。

校内を歩くときや、授業の開始前に聞こえてくる噂話で……。

きたむらさんはピアノ科の先生で、指揮者の北村真一の息子さんだった。

そして、北村に怪我を負わせた犯人として、沢田という校務員が警察に逮捕された……という噂。

そして、その沢田蒼は過去に人を殺したことがあるらしい、という噂。

さわだ……北村さんはあおいさんのことを「さわだ」と呼んでいた。

あおいさんは大学の校務員だった。

神の手の持ち主は、いつも校内をきれいにしてくれる人だったんだ。

あおいさんが……北村さんに怪我を負わせた？

違う。

違うの。

誰に真実を話せばいいのか分からない。

事件の日からちょうど一週間後の水曜日、美夏は蒼が収監されている警察署を訪れ、面会を申し出た。

接見室に案内され、椅子に掛けて待つように言われる。

しばらく待っていると、前の方から声がした。

「入りなさい」

つづいて、だれかが正面に座る気配……。

胸がいっぱいになって、しばらく声がだせない。

「あおいさん……？」

ようやく声をかけると、少し間を置いて、仕切り板を叩く音がした。

「トン」と一回。

YES、の返事……。

「どうして、こんなことするの？」

蒼はなにも言わない。

「わたしが……、わたしが北村さんを傷つけたのに……」

仕切り板の向こうから、音が聞こえた。

「トン、トン」と二回。

NOと言っている。

涙がこみあげるのをこらえながら、美夏は言った。

「嘘！」

仕切り板に手をつき、身を乗り出して思いをぶつけた。

「お願い、本当のことを言って……！　こんなの嫌だ……間違ってる！　なんでわたしなんかのために！」

次第に声が大きくなるのを、美夏は自分でも抑えられなかった。

背後では係官が睨んでいる。

仕切り板の向こうからは、なにも聞こえてこない。

板を叩きながら、美夏は答えを求めつづける。

「答えて！　あおいさん！　答えて……！　あなたはなにもしていない！」

蒼からの返事はない。

蒼が係官に目配せする。

「面会終了」

非情な係官の声が聞こえた。

「ねえ待って……待って待って！　なんで……」

美夏は椅子から立ち上がり、仕切り板を叩いて叫びつづける。

「お願い待って、お願い、待って！　お願い……待って！　お願いだからー！」

「落ち着いてください！」

係官に制止されるが、美夏はその場所で叫びつづけた。


面会の日から三日が過ぎた。

今日は土曜日だが、美夏にとってはもうこの曜日にも意味がない。

あおいさんも、旧講堂のピアノも、自分の前から消えてしまった。

わたしが傷つけてしまった北村さんも……。

それでも美夏は、通学をつづけていた。

何の意識もなく、ただ死んだように通いつづけた。

マンションから外へでると、母とばあが迎えに来ていた。

「ちゃんと食べてる？」

「適当に……」

と答えて車に乗り込むと、大きなエンジン音が近づき、近くで止まった。

「ちょっと！」

声と、足音がやってくる。

「あの、ジンナイミカさん、ですよね？」

男の人の声が聞こえた。

「ちょ、ちょっと、なんなんですか、あなた」

問い返した母の声に、非難と警戒の色が混じっている。

「ちょっと待ってください。俺、沢田蒼の友だちの、中野《なかの》っていいます。アイツから伝言預かってて」

「あおいさんから……？」

美夏がたずねると、いきなり手の甲になにかが触れた。

「ちょっと、なにするの！」

母の声が尖る。

男の人がわたしの手を叩いたようだ。

「YESなら一回、NOなら二回……こうすれば俺の話、信じてくれるはずだって、蒼が……」

そこまで聞いて、美夏は車を降りた。

この人は、間違いなくあおいさんの友だちだ。

「お母さん、車に乗ってて」

母は抵抗するように「美夏……」と言ったが、

「いいから！」

美夏は母の体を押して車に乗せ、ドアを閉めた。

「ばあも乗ってて」

美夏は車から少し離れたところまで歩き、「あおいさんの友だち」にたずねる。

「それで……あおいさんはなんて？」

「伝言を預かってるから、今読み上げる」

『君が俺の手を、神の手、と呼んでくれたとき、暗闇の中に一瞬、光が差し込んだ気がした……。

でも、本当の俺の手は、ずっと前から汚れていて、その汚れが取れることはない。

だから俺のことは忘れて、幸せになってほしい。

それがいまの、俺の願いです……』


別れの手紙？

なんで!?

あおいさんの手が汚れているなら、わたしの手だって……。


美夏は涙が止まらない。

読み終えると、蒼の友だちは美夏の手に手紙を押しつけるように持たせ、

「とにかく、伝えたから」

と言って、去ろうとしている。

「ねえ、待って！」

立ち止まった。

「お願い、あおいさんに会わせて。北村さんを傷つけたのはわたしなのに……話したい

の。お願い、会わせて」

「蒼は、もう二度とあんたと会わない」

　怒気が強くなった。

「どうして……？」

「聞いてなかったのかよ！　俺たちとあんたじゃ、着てる服だって、食べるもんだって、ぜんぜん違うんだよ！　もともと別の世界の人間なんだよ！」

　怒りはさらに大きくなっていた。


……いまの言葉はこの人だけが思うこと？

それともあおいさんも、そんなふうに思っていたの……？


美夏はそれ以上、怖くてなにも聞けなかった。

「今度蒼に近づいたら……俺が許さねえから」

最後の声は、間近で聞こえた。

蒼の伝言も、友だちが語ったことも、美夏にはどう解釈していいかわからなかった。

呆然と立っている美夏のもとへ、母が駆け寄り、肩を抱いてくれる。

「大丈夫、美夏？　誰なの、あの子は？」

知らない。

わたしもわからない。

あおいさんのことも、いまはなにもわからない……。

いつしか学校は夏休みに入っていた。

ある日、美夏を乗せたタクシーが海沿いの道を走っていた。蒼にも悠真にも会えなくなってから、二週間と数日が過ぎていた。美夏は後部座席の窓を全開にして、頬に夏の海の風を受けた。

あの日。あの湖にドライブした日。車の窓をあおいさんが開けてくれた……。

湖畔の風が心地よく車に流れ込み、しばらくその風を受け続けた。

きっとあおいさんは風が好きなんだ。

昔、そう気づいた瞬間を思い出した。

今は、県内の外れに昨年オープンした病院に向かっている。リゾートホテルのよう、と評判の富裕層向けの病院で、悠真はそこにいるのだ。

「北村さん！　北村さん、お客様です。あちらに」

病院へ着くと、美夏を案内してくれたスタッフが悠真を呼んでくれた。

美夏の眼は、人や物の形がぼんやり見えるようになっていた。

悠真は、車椅子に乗っている……。

「ここ、広い芝生の庭があるんです。そこへ行きましょうか」

悠真の言葉に美夏はうなずき、車椅子を押しながら芝生の上を歩いていく。

前から吹いてくる風が、潮の香りを運んでくる。

「一人で歩けるようになったんだね」

悠真が言う。

「まだ、人の顔ははっきり見えませんけど……ごめんなさい」

運命のいたずらなのか、最近になって治療の成果が少しだけ出てきていた。

「わたしのせいでこんなことになってしまって……」

「君のせいじゃない。本人が言うんだから間違いない。俺はあいつにも君にもひどいことをした。報いだよ……」

頭部と手の手術を受けた北村さんはまだもう少し、車椅子の生活がつづくという。

手は……。

腱《けん》が切れて、二度とピアノは弾けない……。

「俺じつはほっとしてるんだ。これで、ピアノから逃げなくてすむからね」

名門の音楽一家で生まれ育った悠真にも、いろいろ苦しみがあったのだろう。

それを知って、ここに来るまで考えてもいなかった言葉が、美夏の口からでてきた。

「せめて、そばにいてもいいですか？」

贖罪《しょくざい》なのか。

美夏には分からなかった。

「じゃあ、俺からも頼みがある。ピアノを弾きつづけてほしい。これからは君のために生きていきたいから」

二人は芝生の上を歩きつづけた。

悠真の雰囲気は、昔と一変して優しくなっていた。本来はこういう雰囲気だったのかもしれない。

蒼と会えなくなってから、二年半の月日が流れた。

その間、美夏は一層ピアノに打ち込んだ。

サカイオートでの事件を機に、ピアノに対する姿勢も変わった。どんなに素晴らしいピアニストも、たった一人で成長するわけではない。

周りで支えてくれる人があったからこそ……。

今まで自分は殻に閉じこもって、人を遠ざけていた。

結局は自信がなかったから。

これからは、助けてもらうことを恥じないで生きて行こう。

感謝はピアノの音に込めて……。

わたしが弾くピアノは、神の手を持つ彼へのメッセージ。

いつかあおいさんへの愛を、音とメロディーに込められるようになりたい。

それを届けるために……。


横浜音楽大学を卒業した。

それからちょうど一ヵ月後、美夏は「晴れの日」を迎えていた。

ソロピアニストとしての、デビュー・リサイタルだ。

横浜の坂の上にある小さなホール……その会場に入るとき、美夏は深い感動に包まれていた。

この前は、このホールの中に入れなかった。

その手前で、交通事故に遭ってしまって……。

あの日からもう三年……やっと、たどり着いた。

それも、あのときとは違って、今日はわたしがここでピアノを弾く……。

美夏は、エメラルドグリーンのドレスに身を包んでステージに上がった。

演奏曲目は自分で考えた。

エンディングにはオリジナル曲を弾く。

タイトルは「サイレント」。

蒼と過ごした静けさだけが包む世界。

二年半、ずっと心の中にいた人を想って書いた曲だった。

最後の一音がゆっくりとフェードアウトしたとき、小さなホールに温かな拍手が広がった。

　あおいさん、いつかこの曲をあなたに届ける……。

　客席に向かって深々と礼をしながら、美夏はそう思っていた。


「お疲れさま。素晴らしかったよ」

　終了後、控室から二階のロビーへ出てきた美夏に、悠真が声をかけた。

「ありがとう。素敵なステージを用意してくれて」

　悠真は退院したあと横浜音楽大学を辞職し、プロデュースする仕事を始めていた。

　才能に恵まれながら、レッスン代や学費が不足している子供たちへの援助もしている
という。

　その傍ら、ずっと美夏を陰で支えた。

「今日から君の夢が始まる」

　悠真にそう言われて、美夏は一瞬考え込んだ。

「わたしに……ここに立つ資格なんてあるのかな」

　悠真はたしなめるように言う。

「まだそんなこと言ってるのか」

「だって、あなたは手を失い、あおいさんは人生を失った。わたしだけがこんな……

」

悠真は二階の手すりにもたれながら、ぽつりと言った。

「今日のステージはあいつの願いでもあるんだ」

美夏は、言葉がでてこなかった。


あいつの願い……あおいさんの願い？

悠真さんはまだ、あおいさんと連絡をとっているの？

そんなことこれまで一度も……。


「美夏」

「はい」

「出所後の沢田の居場所、とっくにわかっていたんだ。でも、君を失いたくなくて……すまなかった」

悠真が泣いていた。

「君が病院に来て二年……もう、充分だよ」

美夏はなにかを言わなくてはいけないと思ったが、言葉がでてこなかった。

聞きたいこともたくさんある。でもなにから、どうやって聞けばいいの……。

＊　　＊

美夏の涙を見ながら、これまで言えなかったことを思い返していた。
突然拉致されて、一生両手でピアノ演奏ができなくなったあの日のこと……。
「もう片方の手もえぐってやろうか！」
という黒縁メガネの声と、
「やめて!!」
と叫ぶ美夏の声。
あのとき、俺は蒼を助けようとして相手に突進して、逆にやられそうになっていた。
もしかしたら、本当に殺されていたかもしれない。
次の瞬間、美夏が思わぬ行動をとった。
パイプを持って、黒縁メガネと俺のほうに向かってきた。
俺を助けようとして……。
だが、彼女が鉄パイプを振り下ろした瞬間、俺の頭に衝撃が走った……。
気を失っていたのはどのくらいだろう……。
意識が戻りかけてきた頭に、美夏の声が聞こえた。

「きたむらさん……あおい……さん？」

不安げな声だ。

「どうしたの……あおいさん……」

つぶやくように美夏が言う。

体は動かせないが、眼で声のもとをたどると、美夏のそばに沢田がいた。

よかった、無事だったか……。

また意識が途切れかけ、次に眼を開けたときは沢田が俺を見下ろしていた。

手にパイプのようなものを持って、俺に眼で訴えている。

そうか、美夏の罪をかぶるつもりだな……。

俺は沢田に向かってうなずいた。

沢田の眼に、怒りは宿っていなかったが……このまま俺の頭に本気で鉄パイプを振り下ろすかもしれない。

でも、それもまたいい結末だ。

俺は沢田の純粋な思いを利用して金をむしりとり、愛する美夏までも奪おうとしていたのだから……。

だが、沢田はサイレンの音が聞こえると、鉄パイプを頭上にかざしたまま、警官の到着を待っていた。

まったく、どこまで人がいいんだ。

サイレンが間近で止み、数人が走ってくる足音が聞こえた。

俺が覚えているのはそこまでだ。

今日はその話を彼女にしないといけない。

＊　＊

蒼は校務員時代に借りていたアパートを引き払って、同じ県内の別の町に移り住んでいた。

今の住まいも「海」が見える町だ。

二年の刑期を終えて蒼が就いた仕事場も、海に面していた。

その日、午前中の作業を終えた蒼は、先輩作業員の宮田《みやた》と中華料理店で食事をしていた。

「歳《とし》も俺の方が少し先輩だわ」

と言った宮田は、新入りの蒼をよく気遣ってくれる。

柞田に似ていた。

「しょうが焼き、一個ちょうだい」

返事も聞かず、宮田は蒼の前の皿からしょうが焼きを箸でつまむ。あげるなんて言ってないのに……。

蒼もすかさず、宮田の皿からギョウザを奪った。

こうやって蒼は新しい場所で仕事仲間には恵まれ、日常を過ごしていた。

店のテレビから昼のローカルニュースが流れてくる。

『……神奈川県迷惑防止条例違反の疑いで逮捕されたのは、神奈川県横浜市に住む横浜音楽大学の……』

大学名を聞いて蒼はテレビに目を向けた。

『……ピアノ科教授、相原アキ容疑者、四十一歳。警察によりますと、相原容疑者は、盗撮動画サイトを運営する交際相手に頼まれ、学生を狙った盗撮をくり返していた疑いがもたれています……』

圭介のスクーターで校門を出ようとしたとき、騒ぎになっていた事件だろうか？

蒼は柞田の顔を一瞬頭に浮かべたが、それを打ち消して淡々と食事をつづけていた。

俺にとっては、もう遠い世界の出来事だ。
もうみかさんには会えない。
俺の気持ちは圭介に託して伝えたし、
みかさんとの思い出は、
ガムランボールの中にすべて閉じ込めた。

サカイオートに駆けつけた日、蒼は水たまりからガムランボールを拾い上げていた。

悠真のポケットから落ちたものだ。

拘置所を出た日から、ガムランボールをいつものように身につけていた。


「出所後の沢田の居場所……とっくにわかっていたんだ」

デビューコンサートの日、悠真からそう聞いて以来、美夏の心は蒼のことで占められていた。

あのあと悠真は、蒼との出会いから、ピアノの代行を引き受けたいきさつ、そしてあの事件のことまで全部美夏に話した。

あおいさんがわたしの夢に寄せてくれた思いも……。

そして、あおいさんがいま働いている場所も……。

美夏は次の日にも蒼に会いにいくつもりでいたが、コンサートの翌日から雨がつづいていた。

眼は人や物がおぼろげながら見えるまで回復していたが、雨の日に傘を差して一人で歩く自信はなかった。

雨は三日つづいた。

四日目、目覚めるとカーテンに薄い光が差しているのがわかった。

窓を開け、手を外に伸ばしても雨粒は落ちてこない。

今日、蒼に会える。

美夏はパジャマからレモンイエローのワンピースに着替えると、タクシーに一時間揺られて神奈川県内のとある港湾地区にやってきた。

タクシーから降り立つと、水たまりにはまった。

ヒールとスカートに泥が跳ねたが、かまわず作業場へと足を進めて行く。

ここに、あおいさんがいる。

視界はおぼろげにしか見えず怖いが、どんどん現場の中に入っていった。

大勢の港湾作業員が仕事をしており、重機やトラックも何十台と行き来して、一般人が歩くにはかなり危険な状態だった。

「あ、ちょっ、危ないですよ！」

声をかけて来た警備員に、美夏はたずねる。

「すみません、さわだあおいさん、いますか？」

「えっ、あ、少々お待ちください」

男は責任者らしき男にたずねてくれた。

「班長、ここに、さわだあおいって方いますか？」

「さわだ？　さあ……ここ何社も入ってるから、そんなのわかんねえな」

そっけない答えを聞いて、美夏は行動を開始した。

作業場の奥へどんどん進み、声を張り上げる。

「あおいさん！」

「ちょ、お嬢さん！」

「どこ行くの？」

周囲からいくつかの声が聞こえたが、美夏は気にしない。

「さわだあおいさん！　あおいさん、いますかー」

「ちょっと、危ないよ、あんた」

周囲に人が集まってくるのがぼんやり見え、美夏はますます声を張り上げて蒼を呼ぶ。

「あおいさん！　あおいさん、いますかー」

美夏はなおも声を出しつづけている。

＊　　＊

蒼の新しい職場は、ガット船の作業場だった。

ガット船とは、工事用の資材となる砂や砂利を海底から採取し、陸に揚げる船のことだ。船から下ろされた砂や砂利は、それを必要とする場所へと陸路トラックで運ばれて行く。ガット船が接岸する場所での作業は、荷下ろしの補助や整備、ガット船の荷役作業などさまざまだ。

この日、蒼は宮田とともに、接岸したガット船内の清掃に当たっていた。

デッキで甲板を磨きながら、蒼は船に乗って大海原《おおうなばら》へくり出す日を思いうかべている。

海に出たらどれだけの風を全身に浴びることができるのだろうか。

しかし、ガット船に乗務員として乗り込むには、いくつか資格を取らないといけないらしい。いつかそんなことにもチャレンジしたい。視力を失っても自分の夢を諦めない美夏に出会ったことで、人生のすべてを投げ出していた蒼も少し前向きになった。もう二度と会うことはないけれど、彼女に恥じない人生を探してみよう。

蒼はそう思っていた。

「そろそろ出航するから行くぞ」

宮田が声をかけてきた。

乗組員ではない蒼と宮田は、船が出航する前に下船しなければならない。

清掃作業を切り上げ、下船の準備をしていた蒼の耳に、ここにいるはずのない人の声が聞こえてきた。

「あおいさーん、あおいさん、いますか？　さわだあおいさん、いますかー？」

この二年半、忘れたくても忘れられない声だった。

みか、さん……？　いや、これは幻聴か？

デッキから声のした方を見ると……。

みかさんだ！

でもなぜここに？

なぜここが？

船から降りると、作業員が輪になって集まっている。

その真ん中に美夏がいる。

「ここにいるって、聞いたんです」

美夏の言葉を聞いて、

「さわだあおいさんって人！　いますか！」

と、ひとりの作業員がみんなに聞き始める。

「おい！　誰か知ってるやついるか？」

だれも、なにも答えない。

美夏はまた、叫び始める。

「あおいさーん！　あおいさん、いますかー！」

蒼は人垣のいちばん後ろに位置取って、美夏を見つめていた。

本当は、すぐにでも逃げ出したかったが、美夏の姿を見てしまうと、目が離せなくなってしまった。

前と変わらず美しい人だった。

髪型も変わった。

そしてその手には、もうステッキがない……。

蒼の目が潤む。

「あんた、いい加減にしないと警察呼ぶよ」

だれかに言われて、美夏は諦めた様子で出口の方へ歩いて行く。

すまない、みかさん。

俺はあなたにはふさわしくない。

「そういやお前さ、下の名前あおいじゃなかったっけ？」

となりにいた宮田だ。

言うな！

蒼は宮田の腕を叩いた。

周囲にいた作業員が、一斉に蒼と宮田の方を向く。

みかさんも立ち止まった。聞こえてしまったようだ！

こっちを見ている。

蒼は美夏から隠れるように体を背けた。

「すみません、あおいさん知ってる方、いますか？　さわだあおいさん……」

美夏が近づいてくる……。

蒼はさらに背を向けた。

「いないよ、そんなやつ。勘違いしてた」

宮田が、そう言ってくれた。

「そうですか……」

消え入るような美夏の声。

ようやく諦めがついたらしい……。

「仕事戻るぞ！」

班長の声で、作業員たちが動き出す。

蒼が歩き出したとき、ガムランボールの音が地面から聞こえた。

蒼が宮田の背後に隠れていたとき、ガムランボールを結んでいた紐《ひも》が、宮田のベルトにさしていたトンカチに引っかかったのだ。歩き出すと同時に、紐が切れて、ガムランボールはコロコロと転がってしまった。


美夏が振り返る。

ピアニストの耳が、工事の騒音に紛れたわずかな音を聴き分けた。

確かにガムランボールの音がした！

美夏は地面を見ながら必死にその音の後を追った。

あおいさん？

やっぱりここにいるの？

蒼が腰につけたはずのガムランボールを探し始めたとき、美夏はもう目の前に来ていた。

ガムランボールを見つけるため腰をかがめた美夏の視界には何も入っていなかった。

いつしか工事車両の通行帯に入ってしまい、奥からダンプが迫ってきた。

その瞬間、美夏がガムランボールを見つけた。


あった……。


微笑み、拾い上げようとしたとき、ようやくクラクションが耳に入った。

ダンプは目前に迫っていた……。

気がつくと、体が宙を舞っていた。そして、走り去るダンプが見えた。

蒼がダンプの前に飛び出し、美夏を助けたのだ。

初めて出会った屋上のように、美夏を抱きしめた状態の蒼がいた。

水溜まりの中で、ふたりとも泥水にまみれている。
無言の空間がしばらく続き、やがて美夏が静かな声でたずねる。
「あおいさん？」
蒼は人差し指で、美夏の手の甲を叩いた。
ゆっくりと、一回。
（ＹＥＳ）と。

おわり

あとがき

何年か前にピーター・チャン監督にお会いする機会があった。彼は香港《ホンコン》を代表する映画監督で、私が大好きな恋愛映画「ラヴソング」を手がけた素晴らしい演出家だ。この作品はもちろん多くのラブストーリーと同様に、男女の出会いと別れ、そして再会を描いているわけだが、見た当時まだ20代だった私はその「痛み」に心を打たれた。恋愛といえば、甘いシーンが連続するものと勝手に決め込んでいた私にとってこの映画は香港に住む男女のリアルを描いており、その痛みに心をかき乱されたのだ。その後も素晴らしい恋愛映画をたくさん撮影してきたピーター・チャン監督に聞いた。

「なぜ恋愛映画をたくさん撮るのですか？」

彼は言った。

「ずっと子供なのかもしれませんね」

目の前にいる香港映画界の重鎮は、とてもピュアな瞳で答えたのだ。そうか、恋愛映画は、ひたすらに純粋なものであり、それだからこそ痛みを伴うものなのだという当たり前の原理を再確認できた。その頃、ひたすら本作「サイレントラブ」の脚本を書いていた頃で、ピーター・チャンの言葉に少なからず影響されたのを覚えている。

本書はそうして出来上がった「サイレントラブ」のノベライズである。これを執筆している現段階で、映画はまだ公開されていないので世間の評価は分からない。でも、四苦八苦しながら、二人の男女の極限までにシンプルで、純粋で、だからこそ痛みをともなう、ひたむきな気持ちを描くことが出来たのではないかと思う。

ノベライズは映画撮影の後にくるものなので、実際の俳優たちを想像しながら文字を当てはめられるのも良い。声を持たない（もしくは、持ちたくない）青年、蒼《あおい》を演じた山田涼介《やまだりようすけ》さん。そして光を失った美夏《みか》を演じた、浜辺美波《はまべみなみ》さん。お二人の演技がキャラクターを作り上げ、そして再びこの小説に命を吹き込んでくれたことに感謝している。二人が作り上げた蒼と美夏が、作者の自分が作り上げた範囲を超えて自由に動き回り、映画撮影時には見えて来なかった登場人物の魅力が小説で浮かび上がってきたのだ。

だから映画は面白い。そして小説は奥深い。

小説家ではないのに、毎作ノベライズを出させていただくのは、そんな理由があるのかもしれない。映画では見えて来なかった、キャラクターたちの魅力が溢れ出る。それは、俳優たちが作り上げた自由で、監督の私には想像のつかなかった魅力なのだ。

蒼と美夏。このひたむきな二人の姿をぜひ、劇場で、そして小説で、感じていただけたら幸いでございます。

内田英治

本書は、映画「サイレントラブ」（原案・脚本・監督：内田英治　共同脚本：まなべゆきこ）をもとに、集英社文庫のために書き下ろされた作品です。

構成／浅野恵子

本文デザイン／高橋健二（テラエンジン）

集英社文庫　目録（日本文学）

植松三十里　大奥延命院醜聞　美僧の寺
植松三十里　大奥秘聞　綱吉おとし胤《だね》
植松三十里　リタとマッサン
植松三十里　家康の母お大
植松三十里　ひとり白虎　会津から長州へ
植松三十里　会津の義　幕末の藩主松平容保
植松三十里　レイモンさん　函館ソーセージマイスター
植松三十里　慶喜の本心　徳川最後の将軍
植松三十里　家康を愛した女たち
内田英治　サイレントトラブ
内田康夫　浅見光彦豪華客船「飛鳥」の名推理
内田康夫　軽井沢殺人事件
内田康夫　北国《ほっこく》街道殺人事件
内田康夫　浅見光彦　四つの事件　名探偵と巡る旅
内田康夫　名探偵浅見光彦のニッポン不思議《ミステリアス》紀行
内田洋子　カテリーナの旅支度　イタリア　二十の追想

内田洋子　どうしようもないのに、好き　イタリア15の恋愛物語
内田洋子　イタリアのしっぽ
内田洋子　対岸のヴェネツィア
内山純　みちびきの変奏曲
宇野千代　生きていく願望
宇野千代　普段着の生きて行く私
宇野千代　行動することが生きることである
宇野千代　恋愛作法
宇野千代　私の作ったお惣菜
宇野千代　私の幸福論
宇野千代　幸福は幸福を呼ぶ
宇野千代　私の長生き料理
宇野千代　私何だか死なないような気がするんですよ
宇野千代　薄墨の桜
冲方丁　もらい泣き
冲方丁　サタデーエッセー　冲方丁の読むラジオ

海猫沢めろん　ニコニコ時給800円
梅原猛　神々の流《る》竄《ざん》
梅原猛　飛鳥とは何か
梅原猛　日常の思想
梅原猛　聖徳太子1・2・3・4
梅原猛　日本の深層　縄文・蝦夷文化を探る
宇山佳佑　ガールズ・ステップ
宇山佳佑　桜のような僕の恋人
宇山佳佑　今夜、ロマンス劇場で
宇山佳佑　この恋は世界でいちばん美しい雨
宇山佳佑　恋に焦がれたブルー
江川晴　企業病棟
江國香織　都の子
江國香織　なつのひかり
江國香織　いくつもの週末
江國香織　薔薇《ばら》の木　枇杷《びわ》の木　檸檬《れもん》の木

集英社文庫　目録（日本文学）

江國香織　ホテル カクタス
江國香織　モンテロッソのピンクの壁
江國香織　泳ぐのに、安全でも適切でもありません
江國香織　とるにたらないものもの
江國香織　日のあたる白い壁
江國香織　すきまのおともだちたち
江國香織　左岸(上)(下)
江國香織　抱擁、あるいはライスには塩を(上)(下)
江國香織・訳　パールストリートのクレイジー女たち
江國香織　彼女たちの場合は(上)(下)
江角マキコ　もう迷わない生活
江戸川乱歩　明智小五郎事件簿I～XII
江戸川乱歩　明智小五郎事件簿　戦後編　I～IV
NHKスペシャル取材班　激走！日本アルプス大縦断　密着、トランスジャパンアルプスレース富山～静岡415km
江原啓之　子どもが危ない！　スピリチュアル・カウンセラーからの警鐘
江原啓之　いのちが危ない！　スピリチュアル・カウンセラーからの提言

M　L change the WorLd
ロバート・D・エルドリッヂ　トモダチ作戦　気仙沼大島と米軍海兵隊の奇跡の“絆”
遠藤彩見　みんなで一人旅
遠藤周作　勇気ある言葉
遠藤周作　父親
遠藤周作　ぐうたら社会学
遠藤周作　愛情セミナー
遠藤周作　ほんとうの私を求めて
遠藤武文　デッド・リミット
逢坂剛　裏切りの日日
逢坂剛　空白の研究
逢坂剛　情状鑑定人
逢坂剛　よみがえる百舌《もず》
逢坂剛　しのびよる月
逢坂剛　水中眼鏡《ゴーグル》の女
逢坂剛　さまよえる脳髄

逢坂剛　配達される女
逢坂剛　鵟《のすり》の巣
逢坂剛　恩はあだで返せ
逢坂剛　おれたちの街
逢坂剛　百舌《もず》の叫ぶ夜
逢坂剛　幻の翼
逢坂剛　砕かれた鍵
逢坂剛　相棒に気をつけろ
逢坂剛　相棒に手を出すな
逢坂剛　大迷走
逢坂剛　墓標なき街
逢坂剛　地獄への近道
逢坂剛他　棋翁戦てんまつ記
逢坂剛　百舌《もず》落とし(上)(下)
大江健三郎・選　何とも知れない未来に
大江健三郎　「話して考える《シンク・トーク》」と「書いて考える《シンク・ライト》」

集英社文庫　目録（日本文学）

大江健三郎　読む人間
大岡昇平　靴の話　大岡昇平戦争小説集
大久保淳一　いのちのスタートライン
大沢在昌　悪人海岸探偵局
大沢在昌　無病息災エージェント
大沢在昌　ダブル・トラップ
大沢在昌　死角形の遺産
大沢在昌　絶対安全エージェント
大沢在昌　陽のあたるオヤジ
大沢在昌　野獣駆けろ
大沢在昌　影絵の騎士
大沢在昌　パンドラ・アイランド(上)(下)
大沢在昌　欧亜純白ユーラシアホワイト(上)(下)
大沢在昌　烙印の森
大沢在昌　漂砂の塔(上)(下)
大沢在昌　夢の島

大沢在昌　黄龍の耳
大沢在昌　罪深き海辺(上)(下)
大島里美　君と1回目の恋
大島里美　サヨナラまでの30分　side：ECHOLL
大城立裕　焼け跡の高校教師
大城立裕　レールの向こう
太田和彦　ニッポンぶらり旅　宇和島の鯛めしは生卵入りだった
太田和彦　ニッポンぶらり旅　アゴの竹輪とドイツビール
太田和彦　ニッポンぶらり旅　熊本の桜納豆は下品でうまい
太田和彦　ニッポンぶらり旅　北の居酒屋の美人ママ
太田和彦　ニッポンぶらり旅　可愛いあの娘《こ》は島育ち
太田和彦　ニッポンぶらり旅　山の宿のひとり酒
太田和彦　おいしい旅　錦市場の木の葉丼とは何か
太田和彦　おいしい旅　夏の終わりの佐渡の居酒屋
太田和彦　おいしい旅　昼の牡蠣そば、夜の渡り蟹
太田和彦　東京居酒屋十二景

太田和彦　町を歩いて、縄のれん
太田和彦　風に吹かれて、旅の酒
おおたとしまさ　人生で大切なことは、ほぼほぼ子どもが教えてくれた。
太田光　パラレルな世紀への跳躍
大竹伸朗　カスバの男　モロッコ旅日記
大谷映芳　森とほほ笑みの国　ブータン
大槻ケンヂ　わたくしだから改
大橋歩　くらしのきもち
大橋歩　おいしいおいしい
大橋歩　テーブルの上のしあわせ
大橋歩　日々が大切
大前研一　50代からの選択　ビジネスマンは人生の後半にどう備えるべきか
大森寿美男　重松清・原作　アゲイン　28年目の甲子園
岡崎弘明　学校の怪談
岡篠名桜　浪花ふらふら謎草紙
岡篠名桜　見ざるの天神さん　浪花ふらふら謎草紙

集英社文庫　目録（日本文学）

集英社文庫　目録（日本文学）

小澤征良　おわらない夏
おすぎ　おすぎのネコっかぶり
落合信彦　モサド、その真実
落合信彦　英雄たちのバラード
落合信彦・訳　第四帝国
落合信彦　狼たちへの伝言2
落合信彦　狼たちへの伝言3
落合信彦　誇り高き者たちへ
落合信彦　太陽の馬(上)(下)
落合信彦　運命の劇場(上)(下)
ハロルド・ロビンス　落合信彦・訳　冒険者たち(上)　野性の歌
ハロルド・ロビンス　落合信彦・訳　冒険者たち(下)　愛と情熱のはてに
落合信彦　王たちの行進
落合信彦　そして帝国は消えた
落合信彦　騙《だま》し人《にん》
落合信彦　ザ・ラスト・ウォー

落合信彦　どしゃぶりの時代　魂の磨き方
落合信彦　ザ・ファイナル・オプション　騙し人II
落合信彦　虎を鎖でつなげ
落合信彦　名もなき勇者たちよ
落合信彦　小説サブプライム　世界を破滅させた人間たち
落合信彦　愛と惜別の果てに
乙一　夏と花火と私の死体
乙一　天帝妖狐
乙一　平面いぬ。
乙一　暗黒童話
乙一　ZOO 1
乙一　ZOO 2
古屋×乙一×兎丸　少年少女漂流記
乙一　荒木飛呂彦・原作　The Book　jojo's bizarre adventure 4th another day
乙一　箱庭図書館
乙一　Arknoah 1　僕のつくった怪物

乙一　Arknoah 2　ドラゴンファイア
乙川優三郎　武家用心集
小野一光　震災風俗嬢
小野正嗣　残された者たち
恩田陸　光の帝国　常野物語
恩田陸　ネバーランド
恩田陸　FEBRUARY MOMENT　ねじの回転(上)(下)
恩田陸　蒲公英《たんぽぽ》草紙　常野物語
恩田陸　エンド・ゲーム　常野物語
恩田陸　蛇行する川のほとり
恩田陸　スキマワラシ
開高健　オーパ！
開高健　風に訊け
開高健　オーパ、オーパ!!　アラスカ・カナダ　カリフォルニア篇
開高健　オーパ、オーパ!!　アラスカ至上篇　コスタリカ篇
開高健　オーパ、オーパ!!　モンゴル・中国篇　スリランカ篇

集英社文庫　目録（日本文学）

集英社文庫

サイレントラブ

2023年12月25日　第1刷　　定価はカバーに表示してあります。

著　者　内田英治《うちだえいじ》

発行者　樋口尚也

発行所　株式会社 集英社
東京都千代田区一ツ橋2-5-10　〒101-8050
電話　【編集部】03-3230-6095
【読者係】03-3230-6080
【販売部】03-3230-6393（書店専用）

印　刷　株式会社広済堂ネクスト

製　本　株式会社広済堂ネクスト

フォーマットデザイン　アリヤマデザインストア　　マークデザイン　居山浩二

Printed in Japan ISBN978-4-08-744604-3 C0193